# 83時間目

# 身代わりの石

# プロローグ

皆さん、こんにちは。
絶叫学級へようこそ。
私の名前は黄泉。
恐怖の世界の案内人です。
猫のような金色の瞳と腰まで届く長い黒髪。
下半身は見えないかもしれませんが、なんの問題もありません。
さて、今回は家族旅行にまつわるお話です。
旅行って楽しいですよね。
美しい景色をながめたり、おいしいものを食べたり。
そんなふうに家族とすごした時間は、大切な思い出になります。

でも、旅行にはアクシデントがつきものです。
迷子になることもあるし、ケガをすることだってあるかも……。
今回の授業に登場する少女も、恐ろしい出来事に巻きこまれてしまうようです。
それでは、授業を始めましょう！

古い石段をかけあがると、大きな朱色の鳥居が見えた。その先に土産物屋があることに気づき、小山飛鳥は瞳を輝かせた。

「パパっ、ママっ、早く来て！」

飛鳥はショートボブの髪をゆらして、階段をのぼってきた父親と母親にぶんぶんと右手をふる。

「ねぇ、ここでおばーちゃんのお土産買おうよ」

「それより、まずはお参りでしょ」

母親があきれた顔で飛鳥に近づく。

「来年は六年生になるんだから、少しは落ちつきなさい」

「だって、ひさしぶりの旅行だもん。テンションあがるって。あ、ほら、お菓子の試食もやってるよ」

「待ちなさい！」

走りだそうとした飛鳥を母親がとめた。

「そんなに急がないの。パパ、大変なんだから」

「あ………」

飛鳥は視線を父親にむける。父親は飛鳥の弟の大地を抱いていた。大地はまだ一歳で、ベビー服のフードの下から、やわらかそうな髪の毛がのぞいている。

「うぅ………」

突然、大地の顔がゆがんだ。

「うあああっ！　うあああっ！」

大地の泣き声が周囲にひびき、近くにいた観光客の視線が飛鳥たちに集中する。

「あぁー、どうしたんだ？　大地」

父親があわてて大地をあやしはじめる。

「もしかして、ノドがかわいたのかも」

母親がトートバッグから哺乳瓶をとりだす。

「ほら、大地の大好きなリンゴジュースだよー」

母親は、すい口を大地の口元に近づけるが、いやいやをして泣きやむ様子はない。

「うあああっ！　ううーっ！」

小さな手足をばたばたと動かす大地を見て、飛鳥の眉間にしわが寄った。

（だから、大地なんてつれてこなければよかったのに。旅行中、ずっとぐずってばっかりでうるさいし、ほんとお荷物だなぁー）

飛鳥は周囲の視線を気にしながら、母親のジャケットを引っぱった。

「ねえ、早く行こうよ」

「ちょっと待ってなさい。今、大地にジュース飲ませるから」

母親は飛鳥に背をむけたまま、大地をあやしつづける。

「ほらっ、もう泣かないの。大地は強い子でしょ」

「ううーっ！　うぁ………」

「よしよし。ジュース飲んだあとはビスケット食べようか。大地はビスケット大好きだもんねぇー」

飛鳥のこめかみがぴくりと動く。

「ママっ！　私もノドかわいたからジュース買ってよ！」

「飛鳥っ、大きな声だしたら、大地が怖がるでしょ」

母親はするどい視線を飛鳥にむける。

「お姉さんなんだから、少しはがまんしなさい」

「…………もういいよ！　私、ひとりで行く！」

飛鳥はほおをふくらませて、母親に背をむけた。

母親が何か言う声が聞こえてきたが、それを無視して、木々が生い茂ったうす暗い神社の境内をずんずんと歩いていく。

（なんなのっ！　大地にばっかり優しくして。私のことなんて、まったく気にしてないじゃん。私だって、パパとママの子供なのに）

短く舌打ちして、大きなイチョウの木の横を通り抜ける。

（せっかくの家族旅行なのに、大地のせいでだいなしだよ。昨日もレストランで泣きだし

て、食後のスイーツが食べられなかったし)

「大地なんて、おばーちゃんにあずけておけばよかったんだ。そうすれば、パパとママも楽なのにさー」

そうつぶやきながら、飛鳥は足元にあった四角い石を力まかせにけりつけた。

すると、ピシリと音がして石がたおれた。

「えっ? な、何?」

驚いて、たおれた石をのぞきこむと、それは石ではなく石像だった。

高さ三十センチほどの石像の上半分には人の顔のようなものがほられていて、たおれた衝撃で顔の部分にひびが入っていた。

「あ、割れちゃった」

周囲を見まわすと、同じような形をした石像が他に三体ある。

「しまった。これ、見つかったらまずいよなぁ」

飛鳥は石像を起こそうとして、伸ばした手を急にとめる。

(なんか、気味の悪い石像だな。お地蔵さんみたいに優しい顔してるわけじゃないし、無

表情でちょっと怖い感じがする）

たおれた石像が自分をじっと見つめているような気がした。

その時、背後の木々がガサリと音をたてた。

「ひっ！」

悲鳴をあげて振り返ると、音のした方向に母親が立っていた。

「こんなところにいたの。さがしたわよ」

母親は眉をつりあげている。

「早く来なさい。パパが拝殿で待ってるから」

「あ、う、うん」

飛鳥は石像をそのままにして、母親にかけ寄った。


拝殿でお参りをしたあと、飛鳥たちは土産物屋にむかった。

店内には、雑貨やお菓子、おもちゃが並んでいた。たくさんの観光客が楽しそうにおしゃべりをしながら、土産物を選んでいる。

「とりあえず、おばあちゃんへのお土産は甘いものでいいかな」

母親がお饅頭が入った箱を手にとる。

「うん。そうだね」

母親のとなりで父親がうなずく。

「十個入りのにしよう。あとは、おとなりの田中さんの分も買っておこうか」

「そうね。田中さんにはバーベキューの時にお世話になったから」

「じゃあ、二つだな」

「それと大地には何かお守りを買ってあげましょうよ」

「ああ。健康のお守りがいいかな。勉強のお守りはまだ早いだろうし」

(また、大地のこと話してる。いつもいつも、大地のことばっかり！　ほんと、ばかばかしい)

飛鳥は無言で両親からはなれた。

ひとりで店内をうろついていると、自分と同じぐらいの女の子が両親らしき男女とおしゃべりをしていた。

その会話が耳に入ってくる。

「ねぇ、パパ。これ買ってよ！」

「おいおい。旅行のお土産にアニメキャラのぬいぐるみかい？　お守りとかのほうがいいだろう？」

「私はぬいぐるみのほうがいいのっ！」

「でも、荷物になるしなぁー」

「いいじゃん。車なんだから」

「気に入ったみたいだし、買ってあげたら？」

父親のとなりにいた母親が口を開いた。

「そんなに高くないみたいだし」

「…………まあ、いいか。おまえがそれでいいのなら」

「やった！　ありがとう、パパっ、ママっ！」

女の子は両親に抱きついた。

（三人家族なのかな？）

飛鳥は、その家族をうらやましく思った。

（うちも三人家族がよかったよ。大地がいなかったら、パパもママも、もっと私を大切にしてくれたはず………）

手のひらに爪を食いこませて、飛鳥は家族の横を通りすぎる。

その時、目の前の棚に『身代わりの石』と書かれたお守りが並べてあることに気づいた。

手のひらにのるほどの大きさで、白いひもがついている。

手にとると、なかに何か入っているのか、布の部分がわずかにふくらんでいる。

（変なお守りだな。身代わりって、どういうことだろう？）

「いらっしゃいませ」

メガネをかけた女性の店員が飛鳥に声をかけた。

「それ、なかに石のかけらが入ってるの」

「石………ですか？」

「そう。ただの石じゃないのよ。霊的なパワーを秘めた石で、石像を作る時にも使われているのよ」

その言葉に、飛鳥の心臓の音が大きくなった。

「………石像って、人の顔みたいなのがほられてる？」

「あ、もう見たのね。あの石像」

店員は石像があった方向を指さす。

「あの石像には言い伝えがあるの」

「言い伝え？」

「うん。昔、このあたりの土地で子供がよく神かくし………行方不明になったんですって。それで、この神社の神主さんが四体の石像をほって奉納したの。それ以来、神かくしが起こることはなくなって、そのかわりに、毎年石像が消えるようになったの」

「石像が？　でも、ちゃんと四体ありましたよ？」

「あれは、今年奉納したものよ。去年のはなくなってるの。いつの間にかね」

「いつの間にかって………」

「まあ、言い伝えを盛りあげるために、神主さんがどこかに持ってってってるんでしょうけどねぇー」

店員は声をひそめて笑った。

「で、そのお守りも、災難をのがれる身代わりになってくれるってことで、よく売れてるのよ」

「あ、だから、身代わりの石なんだ………」

飛鳥は手にしたお守りをじっと見つめる。

(あの石像にそんな言い伝えがあったなんて。やっぱり、けりたおしたの、まずかったかな。ひびも入っちゃったし)

「んっ？　どうかしたの？　顔色悪いけど」

「あ、だっ、大丈夫です」

飛鳥はぎこちなく笑いながら、その場からはなれた。

(どうしよう？　あの石像をたおしたのが私だってバレたら、きっと怒られちゃう。せめて、起こしておいたほうがいいのかも)

視線を動かすと、父親と母親の姿が見えた。

(そうだ。パパとママにいっしょに行ってもらおう。石像があった場所はうす暗くて気味

悪かったから）

飛鳥は父親に歩み寄り、右腕をつかんだ。

「パパっ、いっしょに行ってもらいたいところがあるの」

「あ、ごめん。あとでいいか？」

父親は抱いている大地に視線をむける。

「今、大地のお守りを選んでるから」

「じゃあ、ママは？」

「ママも無理よ。お土産選んでるんだもの」

母親は顔の前でぱたぱたと右手を振る。

「どこに行く気なのか知らないけど、ひとりでも大丈夫でしょ」

ふたりの言葉に飛鳥の表情がこわばった。

「ねぇ、パパ。この家内安全のお守りがいいんじゃない？　落ちついた色で、柄もすごくきれいだし」

「いいね。僕もそれにしようかな。車のルームミラーにつけよう」

「車につけるなら、交通安全のお守りでしょ」

「いや、大地とおそろいがいいからさ」

（ふんっ、何がおそろいだよ）

飛鳥は奥歯を強くかみしめた。

（そんなに大地が大事なの？　私のことはほったらかしで…………）

「そうだ。さっき見たお守り…………」

父親が母親の耳元に口を寄せて、声をひそめる。

（何話してんのか知らないけど、どうせ、また大地のことでしょ）

そんな両親の姿を見たくなくて、飛鳥はふたりからはなれた。

（もう、石像のことなんてどうでもいいや。どうせ、来年には新しい石像がほられるんだろうし）

飛鳥は深く息をはきだして、唇を強く結んだ。

そのあと、飛鳥たちは神社の近くのレストランで食事をした。

そこでも、両親は大地にかかりきりだった。ふたりの注意はずっと大地にむいており、飛鳥のことは気にもとめていないようだった。

（こんなんじゃ、せっかくの料理もおいしくないよ。ほんと、つまんない旅行。いい思い出なんて、一つもなかった）

ひとりでトイレに行ったあと、レストランの入り口で待っていると、父親の車が目の前に停まった。

助手席から母親が顔をだす。

「…………帰るわよ。早くのりなさい」

飛鳥は無言のまま後部座席にのりこむ。となりでは大地がチャイルドシートで寝息をたてている。

（さっきまでうるさく泣いてたくせに、悩みなんかない顔で寝ちゃって。ほんと、大地は好き勝手に生きてるよな）

運転席に視線をむけると、父親は特に何かしゃべるわけでもなく、ハンドルをにぎっている。

(大地が寝てるのに、私としゃべる気もないんだ。ママだって、だまったままだし)

車がゆっくりと動きだした。駐車場をでて、二車線の道路を走りつづける。

すでに太陽は西にかたむいていて、窓の外の景色をオレンジ色にそめていた。

しばらくして、車は古いトンネルのなかに入った。

周囲が暗くなり、車のライトが点く。

フロントガラスからは、車のライトが照らしだすトンネルの壁が見えている。車内には、ゴオオオッとひびく音だけが聞こえていた。

しばらくして、飛鳥の表情がくもった。

(変だな。まだトンネルがつづいてる。こんなに長いトンネル、来る時はなかったはずなのに。それに他の車とも、全然すれちがわない)

飛鳥は結んでいた唇を開いた。

「ねえ、パパ。このトンネル、長くない？」

「…………」

父親はハンドルをにぎったまま、返事をしない。

飛鳥の眉がぴくりと動く。

「パパっ、聞こえてる？　私、質問してるんだけど」

「……ああ」

暗く低い声をだして、父親はわずかに頭を動かした。

飛鳥は身をのりだして、父親の横顔を見る。父親はまばたきもせずに、じっと前をむいている。

「パパ……もしかして、眠いの？」

「……いや、大丈夫だよ」

「それなら、いいけど……」

飛鳥は助手席に視線を動かす。

母親は、まるで人形が座っているかのように、まったく動かない。

（ママも変だな。いつもなら、車のなかでおしゃべりするのに……）

「ママ？」

「…………………何？」

母親が唇だけを動かした。その声にも飛鳥は違和感を覚えた。

（ママの声、何かいつもとちがう気がする）

その時、ショートパンツのポケットに入っていた携帯電話が鳴りだした。

「あれ？　誰だろう？」

飛鳥は画面を確認することなく、通話ボタンを押した。

『やっとでた。飛鳥、何やってるんだよ』

携帯電話から父親の声が聞こえてくる。

「…………えっ？」

飛鳥の声がかすれた。

「パ…………パパ？」

『そうだよ。おまえ、何やってるんだ？　パパたち、ずっと車のなかで待ってるんだぞ。

どこにいるんだよ』

「は…………はぁ？」

飛鳥は前の席にいる両親を交互に見る。

(何これ………。誰かのイタズラ？　でも、パパの声だ)

携帯電話を耳元からはなして、液晶画面を確認する。

そこには『パパ』と表示されている。

(やっぱりパパのスマホからだ………)

『おいっ、飛鳥。聞こえてるか？　ママが怒ってるぞ』

すると、今度は母親の声が携帯電話から聞こえてきた。

『飛鳥っ！　レストランの入り口で待ってなさいって言ったでしょ！』

「………マ、ママ？」

『どこにいるのか知らないけど、さっさと来なさい。明日は月曜でパパは仕事なんだから、早く帰らないと。あなただって、宿題残ってるんでしょ』

「どこにいるって、私は車のなかにいるよ」

『………んっ？　よく聞こえない。今、なんて言った？』

「だから、私は車のなかに………」

突然、携帯電話から雑音が聞こえてきた。母親の声がとぎれとぎれになる。

『あれ……声が……』

「ママっ？　聞こえないの？」

さらに雑音がひどくなり、通話がきれた。

飛鳥は呆然とした顔で、携帯電話を見つめる。

（どういうこと？　私はもう車にのってるし、パパとママだって、前にいるし）

視線を前にむけると、座席から父親と母親の頭部がわずかに見えている。

「……どうした？」

父親が暗い声で言った。

「あ、今、変な電話がかかってきて……」

「変な電話？」

「うん。パパとママからの電話」

「……そうか」

飛鳥の額から、すっと汗が流れおちた。

（こんなこと、あるわけない。目の前にパパがいるのに、パパから電話がかかってくるなんて）

車内の空気が冷たくなった気がする。

その時、父親と母親が同時に振りむいた。ふたりの目に輝きはなく、青黒い唇が笑みの形を作っている。

「どうした？」

「どうしたの？」

ふたりの不気味な笑顔に、飛鳥の両腕に鳥肌が立った。

（ちがう。このふたりは、パパとママじゃない！）

飛鳥の歯がかちかちと音をたてた。

（どうして？　私はちゃんとパパの車にのったはずなのに…………）

車は、まだトンネルのなかを走りつづけている。

（このトンネルもおかしい。ずいぶん長いこと走っているのに、全然出口が見えてこない）

「あ…………」

飛鳥は、土産物屋の店員の言葉を思いだした。

『昔、このあたりの土地で子供がよく神かくし…………行方不明になったんですって』

(私もどこかにつれていかれちゃうってこと?)

ふきだした汗が手のひらをぬらす。

(でも、どうして、私が神かくし…………あ…………)

飛鳥は神社の境内で石像をけりたおしたことを思いだした。

(まさか…………。でも、他に考えられることがない)

不気味な石像の顔が頭のなかに浮かびあがる。

(とにかく、ホンモノのパパとママに連絡しなきゃ)

飛鳥は震える手で父親のスマートフォンに電話をかけようとした。しかし、液晶画面は真っ暗でボタンを押しても反応しない。

(ダメだ。携帯電話が使えなくなってる)

飛鳥は視線を横の窓にむける。トンネルの側面にとりつけられたライトの明かりが、一直線につづく道路を照らしている。

呼吸が荒くなり、両ひざがかくかくと震えだす。

(こうなったら、強引に車からでるしかない)

「うぅ…………」

突然、となりからぐずるような声が聞こえた。

「だ、大地…………」

「あぅ？」

大地はふしぎそうな顔で自分を見あげている。何が起こっているのか理解できていないのだろう。

(大地はいつもと変わらない。きっと、ホンモノの大地なんだ)

飛鳥はぐっと唇をかんだ。

(どうすればいいの？　大地といっしょに逃げるなんて無理だよ。こんなことになるのなら、お土産屋さんであのお守りを買っておけばよかった。そうすれば、身代わりになってくれたかもしれないのに)

「あ………」

（そうだ。私がこわした石像は一体なんだから、大地をここにおいていけば、逃げられるかもしれない）

飛鳥のノドが鳴った。

（私ひとりなら、きっと………）

飛鳥はぶんぶんと首を左右に振る。

（何考えてんの。大地を身代わりにするなんてできないよ。大地のことは大嫌いだけど、一応、私の弟だし………）

フードをかぶった大地の頭にふれる。

（こうなったら、大地を抱いて車から飛びだすしかない。ケガするかもしれないけど、あの世につれていかれるよりマシだ）

飛鳥は大地の手をにぎりながら、前方にいる父親と母親を交互に見た。ふたりとも、真っ直ぐに前を見ていて、振り返る様子はない。

（気づかれないように、ゆっくりと動くんだ）

どくん………どくん………どくん………。

自分の心臓の音が周囲にもれているような気がする。

数分後、車のスピードがわずかに落ちた。

(よし！　今だ！)

ドアノブに手をかけた瞬間、

「ふぇ………うああああっ！」

突然の大きな泣き声に、飛鳥はあわてて大地の口をふさいだ。

(バカっ！　何やってんの！　ほんと足手まといだよ)

大地の口を押さえながら、飛鳥は奥歯を強くかんだ。

(やっぱり、大地はおいていくほうがいい。じゃないと、ここから逃げられない)

「ごめん、大地」

飛鳥は小さな声で言った。

(私、パパとママのところに帰りたいんだ。大地はいいでしょ。あんた、ずっと、いい思いしてきたんだから。これからは、お姉ちゃんにゆずってよ)

「う……うう……」

(声だしたら、ダメなんだって！)

飛鳥はさらに強く大地の口を押さえる。

「う……」

ばたばたと動いていた大地の両手が、急に動かなくなった。

「あ……」

大地の口から手をはなすが、大地が呼吸している様子はない。うすく開いた目にも反応はない。

「大地？」

「……」

「そんな……」

飛鳥の顔から血の気が引いた。

(え？　ウソっ！　これって、死……)

大地の口をふさいでいた手が小刻みに震えだす。

(どうして？　口をふさいだだけなのに)

動かなくなってしまった大地の姿を見たくなくて、飛鳥は視線をそらす。

(殺すつもりなんてなかった。私はただ、大地に身代わりになってもらおうって思っただけで………)

その時、ショートパンツのポケットに何かが入っていることに気づいた。

(なんだろう？)

ポケットからとりだしてみると、それは、『身代わりの石』と書かれたお守りだった。

(なんで私のポケットに？　あ………)

両親が土産物屋で声をひそめて話していたことを思いだす。

(そうか。パパが買ってくれてたんだ。きっと、私を驚かすためにポケットのなかに入れて)

飛鳥はお守りを強くにぎりしめる。

(これを使えば、助かるかもしれない。でも、大地は………)

「ごめん………大地」

飛鳥の目から、涙がこぼれおちた。

（もっと早く気づいていれば、こんなことにならなかったのに）

突然、小さな手がお守りをつかんだ。

「え…………？」

死んだと思っていた大地が上半身を起こしていた。大地はうつむいていて、ベビー服のフードの下の顔はよく見えない。

「だ、大地…………」

飛鳥の声に反応して、大地が顔をあげた。

その顔は、神社で見た石像と同じだった。

「あ…………」

飛鳥は視線を運転席に動かす。いつの間にか、父親の姿が石像に変わっていた。助手席の母親も石像になっている。

（みんな、石像だったんだ）

全身の血が一気に凍りつく。

大地の服を着た石像が、強い力でお守りを引っぱってくる。小さな手は、いつの間にかごつごつとした灰色の石に変化していた。

「やっ、やめてっ！」

お守りをとられないように、両手で強くにぎりしめる。しかし、石像の力のほうが強い。

「う…………うわっ！」

飛鳥は石像の体を強くけった。石像はドアにあたり、まるで首を切断されたかのように割れる。

割れた頭部がごろりと座席の上に転がった。

「ひ、ひっ！」

飛鳥はお守りを胸元に引き寄せる。

（お願い！　私をパパとママのところに帰して！）

そう願った瞬間、まぶしい光が車内を照らした。

思わず、飛鳥はまぶたを閉じる。

車のエンジン音が消え、無音になった。

（なっ、何が起こったの？）

しばらくして目を開くと、そこはレストランの駐車場だった。

「あ………」

飛鳥は口をぽかんと開けて周囲を見まわす。空は暗くなっていて、冷たい風が近くの木の葉をゆらしていた。

「………どうして？」

「あっ、飛鳥！」

大地を抱いた母親が飛鳥にかけ寄ってきた。

「あなた、どこにいたの？　ずっとさがしてたのよ」

「マ、ママ………」

飛鳥はかすれた声でつぶやく。

母親の背後から、父親が姿をみせた。

「あーっ、やっと見つかったか。心配させるなよー」

父親は飛鳥の頭をぽんぽんとたたく。

「どうしたんだ？　汗びっしょりじゃないか」

「…………」

飛鳥は無言で父親を見つめる。

「ねえ、パパ。私の誕生日はいつ？」

「誕生日？　なんでそんなこと」

「いいから、答えて！」

「四月十五日だろ。ちゃんと覚えてるぞ」

「…………あたってる」

「当たり前だろ。娘の誕生日を忘れるわけないだろ」

「パパっ！　ママっ！」

飛鳥は両手を広げて両親に抱きついた。

「…………ホンモノなんだね」

「はぁ？　何言ってるんだ？」

「…………ううん。なんでもない」

（よかった。きっと、このお守りが私の身代わりになってくれたんだ）

飛鳥は母親に抱かれている大地を見た。大地は何もわかってない様子で指をしゃぶっている。

「…………大地もただいま」

「あう…………」

大地はふしぎそうな目で飛鳥を見つめた。

（ほんとよかった。大地もちゃんと生きてる。これで元通りだ）

「飛鳥、そのお守りどうしたの？」

母親が、飛鳥がにぎりしめているお守りを指さした。

「ぼろぼろになってるじゃない。せっかく買ってあげたのに」

母親はお守りを手にとり、眉を寄せる。

「しょうがないわね。あとで交換してあげる。ママたちも同じもの買ったから」

母親はお守りを自分のポケットに入れる。

「もう、どこにも行かないでね。すぐに車まわしてくるから」

「う、うん」

飛鳥は真剣な顔で大きく首をたてに振った。

（よかった。これで家に帰れる。家に帰ったら、あったかいお風呂に入って、パパとママにちゃんとありがとうって言うんだ。お守りを買ってくれたおかげで助かったって）

数分後、父親の車が飛鳥の前に停まった。

「さあ、帰るぞ」

父親が運転席から手まねきをする。

飛鳥はふっと息をはいて、車にのりこんだ。

車は駐車場をでて、道路を進みはじめた。窓の外を見ると、夜空に星がまたたいている。

（ほんとつかれた。でも、もう、安心）

緊張がゆるんだのか、飛鳥はうとうとする。

「飛鳥、眠いなら、寝てていいぞ」

運転席から父親の声が聞こえた。

「大地も寝ちゃってるみたいだし」

「うん。でも、もう少し起きてるよ」

「……そうか」

父親の声が低くなった。

飛鳥はシートに深く座り、ぼんやりと車内をながめる。

（あれ？）

飛鳥の視線がルームミラーでとまった。

（そういえば、お土産屋さんで、ルームミラーにお守りをつけるって、パパが言ってたよね。どうしてつけてないんだろう？）

飛鳥は助手席にいる母親をちらりと見た。

母親は無言のまま、真っ直ぐに背筋を伸ばしている。

（ま……まさか……またっ？）

飛鳥の首筋から、すっと汗が流れおちる。

（いや、そんなことありえない。だって、私はお守りを持って……あ……）

飛鳥は母親にお守りを渡してしまったことを思いだす。

（しまった。あの時、お守りをママに渡して…………）

飛鳥の口のなかがからからにかわいた。

車は前方にあるトンネルにむかって走っていく。

「トンネル……」

（落ちつくんだ。たしかにお守りは持ってないけど、このパパとママはホンモノのはず）

車がトンネルのなかに入り、ゴオオオッとひびくような音が聞こえてきた。

父親と母親は、やはり何もしゃべろうとしない。

不安な気持ちがどんどん大きくなる。

（大丈夫。きっと気のせいだ。また石像がみんなに化けてるなんて、あるはずない）

飛鳥は体をかたくして、父親の後頭部をじっと見つめる。

（そうだ。パパとママにお守りのこと聞いてみよう。ふたりがホンモノなら、お守りをルームミラーにつけるって言ってたことを覚えているはず）

飛鳥は結んだ唇をゆっくりと開いた。

「パパ？　ママ？」

「…………」

数秒間の沈黙のあと、両親がスローモーションのように、ゆっくりと振り返る。

大きく開いた飛鳥の瞳に、両親の顔が映しだされた。

「あ…………」

飛鳥の唇が、かすかに震えはじめた。

# エピローグ

八十三時間目の授業はこれでおしまいです。
不気味な石像をこわしてしまった少女。
少女は両親や弟に化けた石像に、つれさられそうになりました。
しかし、両親が買ってくれたお守りが少女を救ったのです。
少女は両親のもとに戻ってくることができました。
一旦は………。
今、少女は家族といっしょに車にのっています。
でも、その家族はホンモノなのでしょうか？
もし、あの石像が化けているのなら、今度は戻ってこられないかもしれません。
もう、身代わりになってくれるお守りを持っていないのですから。

皆さんは、どう思いますか？
はたして、あの家族はホンモノなのか、ニセモノなのか。
その答えが知りたいのなら、皆さんも神社をめぐってみてはどうでしょう。
境内のどこかに、あの石像があるかもしれませんよ。

84時間目

# 乙女の相合傘

# プロローグ

こんにちは。
皆さん、席についてください。
授業を始めます！
皆さんは相合傘のマークをご存じですか？
三角形の頂角から真下に直線を引き、傘のような形にした
あのマークです。頂角の上にハートマークが描かれることが多いですね。
この相合傘のマーク、直線の左右に自分の名前と好きな人の名前を書けば、恋が叶うと
いうおまじないがあります。
有名なおまじないですから、知っている人も多いかもしれませんね。
たまに街中や学校で見かけることもあります。

掲示板や黒板に描かれていたり、壁に落書きされていたり。

え？　そんなことで恋が叶うわけがない？

でも、試してみたいと思いませんか？

もし、あなたに好きな人がいるのなら………。

放課後、六年一組の教室で、金本シホは同じ班の洋子、くるみとおしゃべりをしていた。

「………そうそう、シホは知ってる？」

洋子がシホに顔をむけた。

「三組の絵美さん、響くんのこと好きらしいよ」

「えっ？　それってホント？」

シホは目を丸くして、洋子のセーターをつかんだ。

「絵美さんって、あのすらっとしてる美人の子だよね？　いつも、オシャレな服着てる」

「そうそう。あの子、読モやってるんだよねー」

「読モ………」

シホはぱくぱくと口を動かす。

「さすが、響くんだね」

洋子のとなりで、くるみが腕を組んでうなずく。

「他のクラスの女子にも人気ってことか」

「そりゃそうだよ。響くんは背が高いし、イケメンだからね」

「わかるー。くしゃって笑う顔がかわいいの」

「それに、頭もいいじゃん。将来有望だよ」

そう言って、洋子はシホの額を指でついた。

「ほんと、シホがうらやましいよ。そんな響くんと幼なじみなんて」

「は、ははは」

シホはぎこちなく笑った。

（まあ、みんなが響にあこがれるのはわかるな。小一のころは、私とほとんど背の高さが変わらなくて女の子みたいだったのに、今はほんとにかっこよくなった。それにくらべて、私は…………）

教室の窓ガラスに映った自分の姿を見つめる。

肩まで伸びたストレートの髪、ちょこんとした小さな鼻とうすい唇。服はウールのセーターに紺色のデニムのスカート。

(顔も体型もふつうだし、服だって、特別オシャレでもない。どこにでもいる小六の女子って感じ)

シホは視線を教壇にいる響にむけた。

響は楽しそうにクラスの男子とおしゃべりをしている。

(幼なじみ……か)

その時、シホの視線と響の視線が重なった。

響は男子たちとの会話を中断して、シホにかけ寄ってくる。

「シホ、今日、母さんがケーキ作るから、帰りに寄ってけって」

「えっ、いいの?」

「もちろん。母さん、シホにも食べてほしいって」

響はにっこりと微笑む。

シホの顔が熟れたトマトのように真っ赤になった。

「わかった。ちょっと待ってて」

そう言って洋子とくるみに目だけで「ごめん」とあやまると、シホは自分の席に戻って教科書とノートをランドセルにつめこむ。

そんなシホを、洋子とくるみがうらやましそうな目で見ていた。

「…………お待たせ！　準備できたよ」

「じゃあ、行こう」

そう言うと、響は近くにいた洋子とくるみに「バイバイ」と言って手を振る。

「う、うん。また明日」

響にあいさつされて、洋子の瞳が輝く。

「バイバイ、響くん」

くるみもうれしそうに両手を振り返した。

昇降口の下駄箱の前で、シホは深くため息をついた。

「んっ？　どうしたの？」

となりにいた響がシホの顔をのぞきこむ。

「響って、フェミニストだなーって思って」

「フェミニスト？」

「女子に優しいってことだよ」

「あーっ、さっきのあいさつのこと？　あれぐらいふつうだろ。クラスメイトなんだし」

「そうかなぁ？　女子にあいさつする男子って少ないと思うけど………」

シホは唇をとがらせて、靴に手を伸ばす。

その手が響の手にぶつかった。

「あっ………ごっ、ごめん」

シホははじかれたように響からはなれる。

「………いや、こっちこそ」

響もはずかしそうに顔をそらす。

（やっぱり、響も私のこと、意識してくれてるのかな？）

心臓の音がどんどん大きくなっていく。

その時、下駄箱の陰から女の子が現れた。

「ちょっと！」

「あ、唯菜」

唯菜は三年前に引っ越してきた。シホのクラスメイトで仲がよく、ぱっちりした大きな目と赤いリボンのポニーテールがトレードマークの女の子だ。

唯菜はほおをふくらませて、シホたちにかけ寄る。

「何、ふたりだけで帰ろうとしてるの？」

「ごめん、唯菜」

シホは胸の前で両手を合わせた。

「もう帰っちゃったかと思ってさ」

「ひっどーい。日直だったから、職員室に行ってたんだよ。教室にランドセルが残ってたからわかるでしょ」

「そこまで見てなかったよ」

「まあ、シホは気づかなくても、響には気づいてほしかったな」

唯菜は唇をとがらせて、響をにらみつける。

「あはは、ごめんごめん」

響が笑いながら、言葉をつづける。

「あ、そうだ。唯菜もうちにケーキ食べにくれば？」

「えっ！　ケーキって、おばさんが作ったの？」

「うん。たしか、チョコレートケーキって言ってたかな」

「行くっ！」

「返事早いな」

「だって、おばさんのケーキおいしいんだもん。それに、私がチョコ好きなの知ってるでしょ」

唯菜はぺろりとピンク色の舌をだす。

その仕草にシホは苦笑する。

（唯菜は甘いものが大好きだからなぁー。でも、ちょっとは空気読んでほしかったよ。私と響が両想いなの知ってるはずなのに………）

その時、一階のろうかから、女の子の声が聞こえてきた。

振り返ると、低学年の女の子たちが、古いホワイトボードの前でおしゃべりしている。

「ほら、このボードだよ。ここに相合傘を描けばいいんだよ」

「そうすれば、恋が叶うの？」

「うん。自分の名前と好きな相手の名前を書いて、一週間消されなければね」

「じゃあ、書いてみようよ」

「書くって誰の名前を？」

「そりゃあ、自分の好きな子の名前にきまってるでしょ」

「えーっ、それじゃあ、みんなに好きな男子がばれちゃうよ」

「それは、しょうがないって」

「どうしようかなぁー」

唯菜が口を開いた。

「あーっ、あの相合傘のウワサか。そういえば、ずっと前からあったよね」

「………うん」

シホはろうかのすみにおかれている古いホワイトボードを見つめた。本来白かったはずのボードは黄ばんでいて、小さな傷がいくつもついていた。

（このボード、私が入学した時から、ここにあったな。先生たちもほとんど使ってなくて、ふしぎだった………）

「シホ、唯菜」

響がふたりの名前を呼んだ。

「早く行こう。母さんが待ってるから」

シホと唯菜はあわてて、靴をはきかえた。


響の家でケーキをごちそうになったあと、シホは唯菜と自宅にむかって歩いていた。

「ケーキおいしかったよね」

シホがそう言うと、唯菜がかたい表情でうなずく。

「ん？　どうかしたの？」

「………ちょっと考え事」

「考え事？」

「うん。さっきの相合傘のこと」

唯菜は足をとめて、真っ直ぐにシホを見つめた。

「あれ、どう思う？」

「……まさか、信じてるの？」

「だって、ウソなら、こんなに長くウワサにならないと思うんだ。だから、ホンモノかもしれない」

しばらくの間、唯菜は沈黙した。

「……来年、うちら卒業じゃん。みんな、同じ中学に行くとは限らない」

「……うん」

「だから、私、響に好きって言おうと思ってるんだ」

「え……？」

シホの顔から表情が消えた。

「好きって……唯菜が響のことを？」

唯菜はこくりとうなずいた。

「シホには、先に伝えておこうと思って」

「私には？」

「そう。意味、わかるよね？」

いつもとちがう唯菜の真剣な表情に、シホは何も答えることができなかった。

次の日の朝、シホはひとりで通学路を歩いていた。空は灰色の雲におおわれていて、どんよりとしている。

（唯菜が響を好きだったなんて…………）

背中のランドセルがいつもより重く感じられる。

（私と響のこと、気づいてなかったのかな？　三人でいっしょに遊ぶことが多かったから、わかってると思ってた…………）

校舎のなかに入ると、生徒たちがホワイトボードの前に集まっているのが見えた。

（どうしたんだろう？）

シホがホワイトボードに視線を動かすと、そこには相合傘が描かれていた。

(あーっ、きっと誰かが描いたんだ。それで騒ぎになってるのか。誰の名前が書いてあるんだろう？)

その名前を見て、シホは両目を見開いた。

『桜井響』『千葉唯菜』

(えっ？　これって、どういうこと？　なんで響と唯菜の名前が………)

そばにいた生徒たちの声がシホの耳に届く。

「………これ、誰が描いたんだろ？」

「本人にきまってるだろ」

「じゃあ、響くんが？」

「いや、響くんじゃなくて、唯菜でしょ。響くんはこんなことしそうにないもん」

「これって、恋が叶うおまじないだよね」

「そうそう。一週間、消されなければね」

「このまま相合傘のマークが消えなかったら、響くんと唯菜が恋人同士になっちゃうってこと？」

「……そうなるね」

「「「えーっ！」」」

数人の女の子が悲鳴のような声をあげた。

「あっ、響と唯菜だ！」

その言葉に反応して、シホは振り返る。

いつの間にか、相合傘を見ている生徒たちのなかに響と唯菜がいた。響は驚いた顔をして、ホワイトボードを見つめている。

響のとなりで唯菜が口を開いた。

「……響、イヤなら消していいよ」

「え……？」

「私は消さないけど」

きっぱりと唯菜は言いきった。

数秒間、その場から音が消えた。

千葉唯菜
桜井響

「すげーっ！」

クラスの男子たちが歓声をあげた。

「これってガチの告白じゃん」

「唯菜、勇気あるなぁ」

「俺、応援してやるよ！」

「俺も応援する。マジで両想いになったら、おもしろいしな」

「よし！　この相合傘、消したらダメだからな！」

「おうっ！　そうしようぜ！」

（そんな…………）

思わぬ展開に、シホの顔が蒼白になった。


休み時間になると、洋子とくるみがシホの席にやってきた。

「ねえ、あの相合傘のこと、知ってるよね？」

洋子が一番前の席にいる唯菜を気にしながら、声を落として言った。

「……………うん」

シホは青白い顔でうなずく。

「朝、私も見たから…………」

「まさか、唯菜があんなことするなんて」

くるみが眉をつりあげる。

「どうにかできないの？」

「でも、消しに行ったら、男子にからかわれるし」

洋子は響のまわりに集まっている男子たちを見る。ほとんどの男子たちは、この状況を楽しんでいるようだった。にやけた表情をして、響をからかっている。

響は困惑した表情を浮かべて、そんな男子たちの追及をかわしていた。

「この状況じゃ、無理だよ」

「そんなぁ…………」

(なんで…………なんでよ、唯菜)

シホは唯菜のうしろ姿をじっと見つめる。

（響は私が最初に………）

その時、唯菜がイスから立ちあがった。

唯菜はゆっくりとシホに近づいてくる。

「………シホ。次の授業は理科だよね。いっしょに理科室に行こうよ」

「あ………う、うん」

シホはこわばった顔で答えた。

（唯菜はいつもと変わらない。あんなことしたのに………）

「どうしたの？　シホ」

唯菜が首をかしげて、シホの顔を見つめる。

「………ううん。なんでもない」

真っ直ぐな唯菜の視線に耐えられずに、シホは目をそらした。

次の日から、シホはホワイトボードを確認するのが日課になった。

ホワイトボードの前には、いつも誰かがいて、相合傘を消すチャンスはない。

あせっているのは、シホだけではなかった。

洋子やくるみ、他にも響を好きな女の子はたくさんいた。彼女たちはくやしそうな顔をして、唯菜にするどい視線をむけていた。

（どうしよう？　このままじゃ、一週間たっちゃう。なんとかしないと………）

表面上では唯菜と仲良くしつつも、シホのあせりは強くなっていった。


六日目の放課後、シホは祈るような気持ちで、一階のろうかにむかった。

（お願い。誰か消してて。そうすれば、なんの問題もないんだから）

階段をおりると、ホワイトボードの前にクラスの男子たちが集まっているのが見えた。

（今日もいる。もう時間がないのに………）

シホは下唇をかんで、昇降口に移動する。

（なんなの？　男子たちは関係ないじゃん。それなのに、どうして私のジャマをするの？）

シホはいらだちを覚えて、下駄箱をこぶしでたたいた。

バンと大きな音がして、手にしびれを感じる。

（今日中になんとかしないと）

シホは視線をろうかの窓にむけた。

（そうだ。夜なら誰もいないはず。ろうかの窓のカギを開けておけば…………）

夕食のあと、シホは部屋に行くふりをして、そっと家から抜けだした。

外は暗くなっていて、街灯が住宅街の細い道路を照らしている。

シホは早足で学校にむかった。

校門の前に人の姿はなかった。すでに先生たちも帰ったのか、校門にはカギがかかっている。

シホは音をたてないようにして校門をのりこえ、校舎に歩み寄る。ろうかの窓に手をかけて力をこめると、カラカラと音がして窓が開いた。

「よしっ！」

シホはぐっと右手をにぎりしめた。

（よかった。カギを開けてたの、先生たちに気づかれなかったみたい）

窓をのりこえて、シホは校舎のなかにしのびこんだ。

校内はしんと静まりかえっていて、あわい月明かりがろうかを照らしている。

シホは音をたてずに歩きだした。

（唯菜、ごめん。だまって見てるなんてできないよ。明日は七日目だし、絶対に今日のうちに消しておかないと！）

その時、ホワイトボードの前に誰かがいることに気づいた。

シホはあわてて、柱の陰にかくれる。

（そんな。もう夜なのに……。一体、誰がいるの？）

目をこらすと、それが唯菜だとわかった。

唯菜はホワイトボードに描かれた相合傘をじっと見つめている。

「唯菜……」

（ずっと見はってたの？）

シホは唇を強くかんだ。

（どうしよう？　これじゃあ、消せないよ）

数十分、シホは唯菜の動きをうかがっていたが、彼女がホワイトボードからはなれる様子はない。

（ダメだ。これ以上ここにいたら、家を抜けだしたことがばれちゃう）

ゆっくりとあとずさりして、シホはその場からはなれる。

（まさか、唯菜がここまでするなんて………）

唯菜の強い意志を感じて、シホの体が冷たくなった。


次の日の朝、シホは朝食を食べずに家をでた。食欲がなく、食事がノドを通らなかったのだ。

とぼとぼと通学路を歩いていると、十数メートル先に響と唯菜がいることに気づいた。

ふたりが手をつないでいるのを見て、シホの呼吸が一瞬とまった。

「え………？」

シホは口をぽかんと開けて、ふたりを見つめた。

ふたりは笑顔でおしゃべりしながら、学校にむかっている。

シホはふらふらとした足どりで、そんなふたりのあとを追う。

響と唯菜が校門に近づくと、周囲の女の子たちが騒ぎはじめた。

「えっ？　どうして、響くんと唯菜が手をつないでるの？」

「相合傘のおまじないだよ。今日で七日目だから」

「えーっ、あのおまじない、マジだったんだ」

「みたいだね。これで唯菜の恋が叶ったってことか」

「そんなぁ。絶対ウソだと思ってたのに…………」

「こんなことなら、男子にからかわれてもいいから、相合傘消しておけばよかった」

「きっと、響くんのファンはみんなそう思ってるよ」

「ほんと、ショックだよ」

（どうして……こんなことに…………）

シホの視界が涙でぼやける。

（昨日までは、私と響が両想いだったのに…………）

シホはしずんだ気持ちのまま、校舎にむかった。

昇降口の下駄箱の前で、前を歩いていた唯菜の足が突然とまった。

唯菜の視線をたどると、彼女の下駄箱に『ニセモノ』と落書きされていて、赤い絵の具が上履きにぬりつけられていた。

（ニセモノ？　そうか。響のファンが手をつないでるふたりを見てやったんだ。おまじないで恋を叶えたから、ニセモノって書いたんだろうな）

「なんだよ、これ」

響が声を荒らげた。

「誰がこんなことしたんだ？」

「…………」

周囲にいる生徒たちは顔を見あわせて、無言で首を左右に振る。

シホは唯菜に歩み寄った。

「唯菜…………大丈夫？」

「シホ………」

唯菜の目には涙が浮かんでいた。

「私、何か悪いことしたのかな？」

「それは………」

一瞬、シホは口ごもった。

「………きっと、響のファンの女子がやいてるだけだよ。ほ、ほら、さっき、ふたりで手をつないでたから」

「そんなことで………」

唯菜の唇が色を失っている。

「唯菜、保健室に行ったほうがいいよ。私がいっしょに………」

「俺がつれていくよ」

響が唯菜の肩にふれた。

そして、悲しげな表情でシホを見る。

「………ごめん、シホ」

その言葉に、シホの思考が停止した。

(ごめん？　ごめんって何？)

呆然としているシホをその場に残して、響と唯菜は保健室にむかって歩きだした。

(意味がわからないよ。ごめんって、どういうことなの？)

シホはふたりのうしろ姿を見つめながら、両手のこぶしをきつくにぎりしめた。


六時間目の授業が終わると、シホは響に声をかけた。

「…………響、ちょっといいかな」

「ん？　どうしたんだ？」

「話があるの。ふたりだけで」

「ふたりだけ？」

「…………そう。私と響だけで」

真剣なシホの顔を見て、響の表情も引きしまる。

「わかった。屋上に行こうか。あそこなら誰もいないだろうし」

響の提案に、シホは無言でうなずいた。

屋上には人の姿はなかった。

ふたりは転落防止用の柵の前でむかいあう。冷たい風がふたりの髪の毛をゆらしている。

「…………それで、話って何？」

響の質問に、シホは閉じていた唇を開く。

「唯菜のことだよ。今朝、唯菜と手をつないでたでしょ。あれって、どういうこと？」

「…………」

響はシホから視線をそらして、無言になる。

「ねえ、響。私たち、小一の時に知りあったよね」

「…………うん」

「それから、ずっと仲良しだった。夏祭りもいっしょに行ったし、家族同士で旅行に行ったこともある」

「そう…………だね」

「もう、私のこと、好きじゃないの？」

数秒間の沈黙のあと、響は整った唇を動かした。

「…………好きだよ」

その言葉に、こわばっていたシホの表情がやわらいだ。

「やっぱり！　私、信じてたよ」

シホは響のジャケットを強くつかむ。

「私たちの関係は絶対こわれないって。だって…………」

「だって、何？」

突然、背後から女の子の声が聞こえた。

振り返ると、唯菜が鉄扉の前に立っていた。

「ゆ、唯菜…………」

唯菜はゆっくりとシホに歩み寄る。

「ねえ、シホ。『だって』、のあと、何を言おうとしたの？」

「そ、それは…………」

シホのほおがぴくぴくと動く。

「シホもあのボードに相合傘を描いたんでしょ」

「…………」

「やっぱり…………」

無言になったシホを見て、唯菜は自分の考えがまちがっていないと確信したようだ。

「いつ描いたの？」

「…………五年前だよ」

暗く低い声でシホが言った。

「そのころから、相合傘のウワサ知ってたから」

「そんなに前に…………」

「だから、一週間前に相合傘を描いた唯菜が入りこむ余地なんてないの」

「そんなの本当の両想いじゃないよ。ただのズルじゃん」

「はぁ？　何言ってるの？　自分も描いたくせに」

「私はちがう！」

唯菜は強い口調で否定した。

「だって、私は一週間たつ前に消したから」

「え…………？」

シホはぽかんと口を開ける。

「消した？」

「うん。昨日の夜に」

「昨日の夜って、相合傘を消されないように見はってたんじゃなかったの？」

「…………そうか。シホもあの場にいたんだね」

唯菜の声が低くなった。

「そう。最初は、あの相合傘を消されないように見はってた。でも、考えが変わったの。ふしぎな力を使って、響と恋人同士になれても意味ないって。だって、そんなのニセモノだもん」

「ニセモノ…………」

「そうだよ！　私はそのことに気づいたの。だから、ギリギリまで迷ったけど、相合傘を消したんだよ！」

「だから、何？　どっちにしても響が好きなのは…………」

その時、シホは朝見た光景を思いだした。

（今朝、響と唯菜はたしかに手をつないでた。もし、相合傘の効果じゃないのなら、え？　あれは…………）

「唯菜…………」

だまってふたりの話を聞いていた響が唯菜の手をにぎった。

「もう、何も言わなくていい」

「響…………」

響は愛おしそうな目で唯菜を見つめる。

「何…………これ？」

シホはかすれた声をだした。

（響は私じゃなくて、唯菜の手をにぎった。もし、唯菜が相合傘を消していたのなら、これは…………ホンモノ…………）

シホの頭が真っ白になり、何も考えられなくなった。

シホは何かにあやつられたかのように、ふらふらと唯菜に近づいた。そして、彼女の胸を両手で強く押した。唯菜の背中が柵にあたり、両足が浮く。くるりと体が回転して、そのまま柵の外に落ちていった。

グシャッ…………。

何かがつぶれた音が下から聞こえた。

（あれ？　私、何をやったの？）

柵からのりだして下を見ると、地面に唯菜がたおれていた。彼女の体はぴくりとも動いていない。

「あ…………唯菜を落としちゃった」

「シ…………シホ…………」

響がおびえた表情でシホを見る。

「おまえ…………なんでこんなこと…………」

「…………自分でもわかんないよ。でも、こうしないと、響をとられちゃうんだから、しょ

うがないよね」

シホは唇の両はしをキュッとあげた。

「ねえ、響。響は私の味方でいてくれるよね？」

「味方………？」

「うん。だって、唯菜は死んじゃったんだから、もう、ホンモノもニセモノも関係ないでしょ」

「おまえ………」

「相合傘のおかげでも、私と響が両想いなのはまちがいないいんだし」

（そうだよ。これで邪魔者はいなくなったんだ。唯菜は勝手に落ちたことにすればいいし、響だって、そう証言してくれるはず。だって、私と響は恋人同士なんだから）

その時、背後から足音が聞こえてきた。

振り返ってみると、そこには洋子、くるみ、そして、大勢の女の子たちがいた。

シホの顔が硬直する。

（まずい。私が唯菜をつきおとしたところを見られたかもしれない）

シホの額から冷たい汗が流れだす。

「み、みんな、どうしてここに………あ………」

シホは、女の子たちがハサミやカッターナイフ、トンカチを持っていることに気づいた。

洋子が無表情のまま、響に歩み寄る。

「響くん、私たちの味方になってくれるよね？」

「え………？」

響は何度かまばたきをくりかえす。

「味方って？」

「これから私たちがすることをだまって見ててくれればいいんだよ」

そう言って、洋子は持っていたハサミをシホにつきつける。

「シホ………あんたは邪魔者なの」

「邪魔者？」

「そう。だって、私たち、響くんと両想いなんだから」

「は、はぁ？」

一瞬、シホは洋子の言葉が理解できなかった。

「洋子、何言ってるの？　あなたと響が両想いなわけないじゃん」

「両想いだよ。私もくるみも……」

洋子のとなりにいたくるみがうなずく。

「私も響くんと両想いだから」

「ちょ、ちょっと待ってよ！　くるみまでそんなこと言うの？」

「だって、私も相合傘、描いてたから」

その言葉に、シホは衝撃を受けた。

「ま……まさか……」

視線を左右に動かして、女の子たちを見る。

(そうか。ここにいる全員が相合傘を描いてたんだ。そこに、自分自身の名前と響の名前を書いて)

女の子たちがシホをとりかこんで、いっせいに口を開いた。

「響くんの恋人は私だから」

「私が響くんと両想いなの」

女の子たちは、持っていたハサミやカッターナイフ、トンカチをいっせいに振りあげた。

シホはその場でしりもちをついてあとずさる。

「ひっ、響、助け……」

ガンと大きな音がして、頭に強い痛みを感じた。

頭から流れだした血が目に入り、周囲の景色が赤くそまった。

自分の体に何かがつき刺さる。

（どうして……こんなことに……）

シホの思考がにぶり、やがて、何も考えられなくなった。

# エピローグ

八十四時間目の授業はいかがでしたか？

幼なじみの男の子を好きになった少女。

少女は相手も自分のことを好きだと信じていました。

しかし、男の子が好きになったのは、少女の友だちだったのです。

少女は友だちが相合傘のおまじないを使って、男の子と仲良くなったと思っていました。

自分がそのおまじないを使っていたから…………。

でも、男の子が友だちを好きになったのは、そのせいではなかったのです。

少女は友だちを屋上からつきおとしてしまいました。

そして、少女も他の女の子たちに殺されてしまったのです。

少女と同じように、相合傘を描いていた女の子たちに…………。

あのホワイトボードには、得体の知れない力があるのかもしれません。
少女を殺した女の子たちは、このあとも争いつづけるのでしょうね。
好きな男の子を手に入れるために。
最後のひとりになるために。
そんなおまじないに頼っても、好きな男の子を手に入れることはできないのに。
だって、それはニセモノの恋なのですから。

# 85時間目

# 鏡の国から

# プロローグ

こんにちは。
全員、出席していますね。
さあ、授業を始めましょう！
今回は鏡にまつわるお話です。
皆さんが日常的に使っている鏡。
鏡がないと、髪形や服装のチェックもできません。
歯みがきを鏡の前でする人も多いでしょう。
そんな便利な鏡ですが、なかには危険な鏡もあるようです。
ある中学校の階段の踊り場に設置された鏡………。
その鏡には、ふしぎな伝説があります。

どんな伝説か、知りたいですか？
それなら、ちょうど少女たちが話していますね。
その話を聞いてみましょう！

放課後、校舎の三階につづく階段の踊り場で、奥井ミユキは、友だちのクミ、菜子とおしゃべりをしていた。

クミと菜子は、ミユキと同じ十四歳で二年C組のクラスメイトだ。

「へーっ、この鏡にふしぎな伝説があるんだ？　そんな話、初めて聞いたよ」

ミユキは壁にかけられた大きな鏡を見つめた。

木製の額にふちどられた鏡には、制服を着た自分が映っている。セミロングの髪にくっきり二重の目、リップをぬった唇がわずかに開いている。

鏡には背の高いクミときゃしゃな菜子の姿も映っていた。

鏡のなかで、クミの唇が動いた。

「そう。何十年も前から、この中学校にある鏡なんだって」

「それが伝説なの？」

「ちがうちがう」

クミがぱたぱたと右手を左右に振る。

「じつはね…………この鏡のなかには鏡の国があって、そこの住人が抜けだしてくるんだって」

「抜けだすって、鏡のなかから？」

「うん。もしかしたら、あの子も鏡の国の住人かも…………」

クミは階段をおりてきた女の子をちらりと見る。

「なんせ、鏡の国の住人だからね。姿は私たちとほとんど変わらないし」

「怖いこと言わないでよ」

青ざめた顔でミユキはクミに文句を言った。

「そういうの、私、苦手なんだからぁ」

「あははっ！　ほんと、ミユキは怖がりだなー。からかいがあるよ」

「もうっ、クミったら」

ミユキは唇をとがらせて、クミの肩を軽くたたく。

「おいっ！」

突然、背後から声が聞こえた。

振り返ると、背の高い男の子が立っていた。男の子は切れ長の目でミユキたちをにらみつけている。

「その鏡に近づかないほうがいいぞ。それはフツーの鏡じゃないからな」

男の子はそう言うと、ミユキたちに背をむけて階段をおりていった。

「………な、何？　今の男の子」

「海斗くんだよ」

菜子が言った。

「二年B組の子で、ちょっとした有名人だよ」

「有名人？」

「かっこいいけど、変わり者ってウワサ。この鏡の伝説を調べてるんだって」

「はぁ？　そんなの調べてどうすんの？」

「わかんないよ。オカルト趣味があるんじゃないの」

「………ふーん。たしかに変なやつ。鏡の国なんてあるわけないのに」

「あれ？　さっきは、ミユキも怖がってたじゃん」

「う………」

ミユキのほおがぴくりと動いた。

「よく考えたら、クミの話なんてどうせウソだもん。怖くなんかないから」

そう言って、背後にある鏡を手でコツンとたたく。

ピシッ………。

小さな音がしたかと思ったら、鏡にひびが入った。

「やばっ！」

ひびは五センチほどの長さで、ちょうどひびの部分にクミの額が映りこんでいる。

「あ………クミのおでこにひびが入っちゃったみたい」

「もうーっ、何してんのよ」

鏡のなかのクミが眉をつりあげた。

「バレたら先生に怒られちゃうよ」

「うっ、ど、どうしよう」

「まあ、これぐらいのひびなら、そんなに目立たないから大丈夫でしょ」

「……………うん。たしかに割れたわけじゃないし」

「ねえ、もう帰ろうよ」

菜子がミユキとクミの手を引っぱった。

「私、おなかすいちゃったよ」

「じゃあ、駅前のたいやき屋さんに行こうか。新作のマンゴークリームがおいしいらしいよ。しかも十パーセント引きだって」

クミの提案に、菜子が瞳を輝かせた。

「行く行くっ！　ミユキも行くでしょ？」

「う、うん」

ミユキは鏡のひびを見ながら、ぎこちなくうなずいた。

次の日の朝、教室に入ると、窓際にクミがいることに気づいた。クミはミユキに背中をむけて、校庭を見おろしている。

ミユキはクミに歩み寄った。

「おはよーっ！　クミ」

「…………」

クミは無言で振りむいた。

「あ…………」

ミユキは驚いて口元に手をあてる。

クミの額には真っ白な包帯が巻かれていた。

「ク、クミっ、どうしたの？」

「…………なんでもないよ」

暗い声でクミが答えた。

「ちょっとケガしただけ」

「ケガって…………ひどいの？」

「たいしたことないって」

「それなら、いいけど……」

ミユキはクミの顔をじっと見つめる。

(……あれ？　なんだろう。ちょっとクミの顔がいつもとちがっているような

……)

「どうしたの？　ミユキ」

クミがかくりと首を曲げて、ミユキの顔をのぞきこむ。

その仕草が不気味に感じられた。

「う……ううん。なんでもない」

ミユキはぎこちなく笑った。

一時間目の授業中、ミユキはクミのことを考えていた。

(さっきのクミ、やっぱり変だった。何が変なのかはわからないけど……)

視線を動かして、クミのうしろ姿を見つめる。

クミは黒板に書かれた数式をノートに書き写していた。

（昨日はふつうだったのに。たいやきだって、すごくおいしそうに食べてて）

「あっ………」

ミユキは昨日の出来事を思いだした。

（そうだ。踊り場の鏡のひびのところにクミのおでこが映ってたんだ。まさか、そのせいでケガをしたとか………）

自分の考えを否定するかのように、ミユキは首を横に振った。

（いや、そんなことあるはずない。鏡のひびとクミのケガは関係ないはず。だって、あれは鏡についた傷なんだから）

「おいっ！」

はっとして顔をあげると、教壇にいた数学の先生がミユキを指さしていた。

「一時間目から眠いのか？」

「あっ、す、すみません」

「………まあいい。眠気覚ましに、この問題を解いてみろ！」

先生は黒板に書かれた連立方程式を指さす。

「えーっ？」

「ちゃんと授業を聞いてたら、わかるはずだぞ」

「…………はい」

ミユキはがっくりと肩を落として、黒板にむかった。

一時間目の授業が終わると、クミがすっと席を立った。クミはろうか側の席にいる菜子に近づく。

「…………菜子。ちょっといいかな」

「んんっ？　どうしたの？」

菜子がクミを見あげると、右側にひとつ結びした髪がゆれる。

「菜子に大切な話があるんだ」

「大切な話？」

「そう。とっても大切な話」

クミがにやりと笑った。

ふたりが教室からでていくのを見て、ミユキはイスから立ちあがった。

(やっぱり、クミの様子がおかしい。いつもより声が暗いし、笑い方だって変だ)

ミユキは教室をでて、ふたりを追いかけた。

ふたりは何かを話しながらろうかの角を曲がる。

「どこに行くんだろう?」

ミユキは足をとめて、ろうかの角を見つめる。

(たしか、こっちの階段には………)

「きゃあああっ!」

突然、菜子の悲鳴が聞こえてきた。

「なっ、何っ?」

ミユキはあわててふたりのもとへ走る。

踊り場の鏡の前にクミと菜子がいた。ふたりは鏡に額と両手をつけて、立っている。

「菜子っ! どうしたの?」

ミユキは階段をかけおりて、菜子の肩をつかんだ。

菜子がゆっくりと振り返る。

「…………別に」

低い声が菜子の口からもれる。

「なんでもない」

「で、でも、今、悲鳴が…………」

「悲鳴なんて、聞こえなかったけど」

菜子の言葉に、ミユキは目を丸くする。

「えっ？　菜子の声だったよ」

「…………気のせいだよ」

「そんなはずは…………あ…………」

その時、ミユキは菜子の髪の結び目が、いつもの右側から左側に変わっていることに気づいた。

「どうしたの？　ミユキ」

菜子のとなりにいたクミがミユキに声をかける。

「顔色が悪いよ。まるで死人みたい」

「あっ……………」

(クミのほくろの位置も逆だ。前は左にあったのに、今は右になってる)

心臓の音がはげしくなる。

(そうか。それで違和感があったんだ。でも、どうして、そんなことが…………)

クミたちの背後にある鏡に自分の姿が映っている。

(あっ! 鏡に映った姿は逆むきになる…………。つまり、今、ここにいるふたりは鏡の国の住人?)

鏡の伝説を思いだして、ミユキの体温が一気にさがった。

「ねえ、ミユキ」

菜子が笑みを浮かべて、ミユキの肩をつかんだ。

「そろそろ、休み時間も終わるし、教室に戻ろうよ」

「そうだね。早く行こう」

クミもミユキの肩にふれる。ふたりの手がずしりと重く感じられた。

（このふたりといっしょにいたら、私も鏡の国の住人と入れかえられちゃうかもしれない）

いやな汗がふきだしてくる。

「わ、私、トイレ行くから。クミたちは先に戻ってて」

「…………そう」

クミはまばたきすることもなく、唇だけを動かして言った。

「じゃあ、また、あとで…………ね」

クミと菜子は頭をゆらゆらとゆらしながら、階段をのぼっていった。


ふたりの姿が見えなくなると、ミユキはとめていた息を一気にはきだした。背中ににじんでいた汗が冷たくなっている。

「何が起こってるの？」

ミユキは巨大な鏡に視線をむける。鏡には青白い顔をした自分の姿が映っていた。

（まさか、私が鏡にひびを入れたからなの？）

ひびの入った部分にそっと手を伸ばす。

(もし、さっきのふたりが鏡の国の住人なら、ホンモノのふたりはどこに行ったの?)

指先の鏡が冷たく感じられた。

「近づくなって言ったろ」

いつの間にか、海斗がそばにいた。

「海斗………くん?」

「どうして、俺の名前を知ってるんだ?」

海斗はするどい視線をミユキにむける。

「友だちに聞いたんだよ。かっこいいけど変わり者って」

「変わり者か………」

「あっ、ご、ごめん」

「まあ、いいさ。本当のことだしな」

「あ、私は二年C組の奥井………奥井ミユキだよ」

ミユキはあわてて自己紹介する。

「……おまえの名前なんてどうでもいい」

そう言って、海斗は鏡を見つめる。

「……ひびが入ってる。これはまずいかもしれない」

「えっ？　まずいって？」

「よくないことが起こるってことだよ」

「……海斗くんは、なんでこの鏡のことを調べてるの？」

「いきなりの質問だな」

「いいから、教えて！」

真剣なミユキの表情に、海斗の顔も引きしまった。

「一年の時、見たんだよ。クラスの友だちがこの鏡の前にいてさ、鏡に映ったそいつの姿が動いたんだ」

「動いたって、鏡に映った友だちだけが？」

「ああ。ちらりとこっちを見たあと、階段から落ちたんだ。そしたら、本人も階段から落ちて、大ケガをした」

「鏡に映った光景が、現実でも起こったってこと？」

「見たのが俺だけで、誰も信じてくれなかったけどな」

海斗は両手のこぶしを震わせる。

「おまえもどうせ信じないだろ？」

「ううん。私は信じる！」

ミユキはきっぱりと言った。

その言葉に、海斗の目が大きく開く。

「どうして、信じてくれるんだ？　こんな話、ふつうは信じないだろ？」

「私も気になることがあるの」

「気になること？」

海斗は目をわずかに細めて、首をかたむける。

「…………気のせいかもしれないけど、友だちのクミと菜子の様子が変なの」

「クミと菜子って、昨日、おまえと鏡の前にいた女子か？」

「うん。ふたりは鏡の国の住人と入れかわってるのかもしれない」

「入れかわり？　鏡のなかのやつらが、こっちの世界に来てるってことか？」

「そんな気がするの。ホクロの位置や髪形が逆になってたし」

ミユキの言葉に、海斗の表情がけわしくなる。

「もし、それが本当なら、まずいな」

「まずいって、何が？」

「入れかわったおまえの友だちが、鏡のなかの世界に閉じこめられている可能性が高い」

「鏡のなかに？　どうやって？」

「それはわからない。でも、こっちの世界に同じ顔の人物がふたりいたら、すぐに騒ぎになるだろ？」

「たしかにそうだね」

「問題は、どうやって鏡のなかからおまえの友だちを助けるかだよ。そんな方法、授業では教えてくれないからな」

そう言って、海斗は腕を組む。

「用心したほうがいいな。もし、おまえの友だちが鏡の国の住人なら、何かこっちの世界に来た理由があるはずだ」

「理由って何？」

「俺にわかるわけないだろ。とにかく、気をつけるんだ。おまえはあいつらと同じクラスなんだからな」

「………わかった。注意するよ」

ミユキは唇を強く結んでうなずいた。


昼休み、ミユキは自分の席で、教壇の前にいるクミと菜子を見ていた。

ふたりは、ちらちらとミユキを見ながら、何かを話している。

（やっぱり、あのふたりは鏡の国の住人だ。菜子の髪形は変えられるかもしれないけど、ホクロの位置が逆になるなんてありえないから）

机の上で両手の指を組んで、唇を強くかむ。

（ホンモノのふたりを助けるには、どうすればいいんだろう？　鏡のなかになんて、行けるわけないし）

その時、となりの席の女の子の姿が目に入った。女の子はシャーペンを右手に持って、ノートに絵を描いている。

（あれ？　この子、たしか、左利きだったはずなのに………）

ミユキの前を男の子が通りすぎる。男の子の右手の人さし指には、バンソウコウがはってあった。

（この男子はたしか、昨日の体育で左手をケガしたって言ってたような………）

ミユキの全身から、冷たい汗がにじみでる。

（ダメだ。よく覚えてない）

呼吸が荒くなり、息苦しくなる。

（まさか、クミたちだけじゃなくて、他の子も入れかわってる？）

前の席に座っていた女の子がくるりと振りむいた。

「ミユキちゃん、どうしたの？」

女の子がかくりと首を曲げて笑った。

「ひとりでいるなんて、めずらしいじゃん。いつもはクミたちといっしょにいるのに」

「い、いや、今日はちょっと…………」

クラスメイトの不気味な様子に、ミユキは言葉が見つからない。

「……ふーん。じゃあ、私につきあってよ。いっしょに行きたい場所があるんだ」

「えっ？　行きたい場所って？」

「…………」

女の子は無言で唇の両はしを吊りあげる。

その笑みに不自然さを感じて、ミユキの体に鳥肌が立つ。

（この子も変だ。いつもは私のことを名字で呼ぶのに…………）

いつの間にか、周囲に女の子たちが集まっていた。

全員がにたにたと気味の悪い笑みを浮かべている。

ミユキはイスから立ちあがって、あとずさりした。

「ミユキぃ、どうしたの？」

青白い顔をしたひとりの女の子がミユキに白い手を伸ばす。

「ひ、ひっ！」

ミユキはクラスメイトたちから逃れるように、教室を飛びだした。

(クミと菜子だけじゃなかった。他の子も鏡の国の住人と入れかわってたんだ)

背後から、女の子たちが追いかけてくる。

「ミユキぃ、待ってよ」

「ミユキぃいいい」

「逃げなくてもいいからぁー」

ミユキのうぶ毛が逆立った。

階段をかけあがり、四階のろうかを走りつづける。

(あいつら、私も鏡の国に閉じこめる気なんだ)

「おいっ!」

突然、肩をつかまれ、ミユキの体がびくりとはねた。

「いっ、いやっ!」

「落ちつけ。俺だよ、海斗だよ」

肩をつかんだのは海斗だった。

「何があったんだ？　C組のやつらがおまえをさがしてたぞ」

「あ、あいつら全員、鏡の国の住人なんだよ！」

その言葉に、海斗の眉が動いた。

「あいつらって、鏡の国の住人が他にもいるのか？」

「きっとそうだよ。だって、みんな、いつもとちがうんだもん！　笑い顔が変だし、声だってちがうの」

「……わかった。とにかく、こっちに来い！」

海斗はミユキの手をつかんで、早足で歩きだした。


ふたりは一階のはしにある用具室にかくれた。室内はうす暗く、壁際には教材が入った棚が並んでいた。

ミユキと海斗は床に腰をおろした。

「……どうしよう」

ミユキはひざをかかえて、色を失った唇を震わせた。

「きっと、私のせいだ」

「どういうことだ？　私のせいって」

「私があの鏡にひびを入れたの。そのせいで、鏡の国の住人がこっちの世界に来たんだと思う」

「……………そうだったのか」

海斗は数秒間沈黙したあと、ミユキの頭をそっとなでた。

「おまえが悪いわけじゃない」

「え…………？」

「そんなことで、こんな状況になるなんて、誰も想像できないだろ？」

「海斗くん…………」

ふたりはじっと見つめあった。

(こんなこと、誰も信じてくれないと思ってた。でも、海斗くんはちがう。鏡のことをずっと調べていたんだから)

「海斗くんがいてよかった」

「いるだけじゃ意味ないだろ。問題は、これからどうするかだ」

そう言って、海斗は立ちあがった。ズボンについたほこりを払いながら、用具室のなかを見まわす。

「おっ、こいつは使えそうだ」

海斗は壁に立てかけられていた金属バットをミユキに渡した。

「これを持ってろ」

「え？　バットなんかどうするの？」

「あいつらはしょせん鏡の国の住人だからな。割れば死ぬはずだ」

「割れば…………」

「ああ。鏡はかんたんに割れるだろ」

海斗はミユキが持っているバットの先にふれる。

「あいつらは俺たちと同じ姿でも人間じゃないんだ。ためらっていると、こっちが殺されるぞ」

「う、うん」

ミユキは受けとったバットを見つめる。

(海斗くんの言うとおりだ。私も覚悟をきめないと！　あいつらはホンモノじゃないんだから)

「それから……」

「ん？　それから、何？」

「……どうにもならないと思ったら、あの鏡を割るんだ」

「えっ？　鏡って階段の踊り場の？」

「そうだ。あの鏡を割れば、鏡の国の住人全員を一度にこわせるかもしれない」

「ちょっと待って！」

ミユキは海斗のシャツをつかむ。

「そんなことしたら、鏡の国に閉じこめられているみんなはどうなるの？」

「それはわからない。もしかしたら、鏡の国ごとこわれて、助けることができなくなるかもしれない」

「クミたちは死ぬってこと？」

「そうなるだろうな」

海斗の言葉に、ミユキは血相を変えた。

「ダメだよ！　クミたちは絶対に助けないと！」

「もちろん、俺だってそうしたいさ。だけど…………」

その時、ガラガラと音がして、扉が開いた。

「こんなところにいたのかぁー」

体格のいい男子がにやりと笑って用具室に入ってくる。

「やっと見つけたぞぉ」

「逃げろっ！」

海斗が男子に頭からつっこんだ。ふたりは床の上に横だおしになる。

「早く行けっ！」

「でっ、でも………」

「俺のことはいい。早くっ！」

「う、うん！」

ミユキはバットを持ってろうかにでた。

ろうかにはクラスメイトの女の子たちが待ちうけていた。

女の子たちは笑みを浮かべて、ミユキに近づいてくる。

「ミユキぃー」

白い手がいっせいにミユキにむかって伸びる。

「く、来るなっ！」

ミユキは持っていたバットを振りまわした。

女の子たちの動きがとまる。

（よし！　今のうちに逃げるんだ！）

ミユキは一階のろうかを走り抜け、階段をかけあがった。

二階のろうかには、他のクラスの生徒たちがいた。バットを持っているミユキを見て、
全員が目を丸くしている。

ミユキは生徒たちの間をすりぬけるようにして走りつづけた。

（どうすればいいの？　他のクラスの子に話しても信じてくれるわけない。先生だって、

無理だよ）

「ミユキっ、待って！」

すぐうしろから、クラスメイトの声がした。

「ひっ………」

目から涙があふれ、視界がゆがむ。

ろうかの角を曲がろうとした時、ミユキの足がもつれた。体のバランスがくずれて、前のめりにたおれる。

（もう、ダメだ。私もつかまって、鏡の国につれていかれちゃうんだ）

ミユキは痛みに耐えながら、視線をあげた。

階段の踊り場に、巨大な鏡があることに気づく。

（もう、あの鏡を割るしかない）

ミユキは落としたバットを拾いあげ、階段をかけあがる。

（この鏡を割ったら、クミたちはこの世界に戻れないかもしれない。でも、私が助かるためには、こうするしかないんだ）

「みんな、ごめんっ！」

ミユキは鏡にむかってバットを振りおろした。

バットの先たんが鏡にあたり、蜘蛛の巣のようなひびができる。

「もう一度！」

バットを振りあげた瞬間、階段の下にクミと菜子が現れた。

「ミユキっ！　ごめん！」

突然の謝罪の言葉に、ミユキの動きがとまった。

クミは胸の前で両手を合わせて、ミユキに近づく。

「私たち、悪ノリしすぎた」

「わ、悪ノリ？」

状況がわからず、ミユキはぽかんと口を開けた。

「ど………どういうこと？」

「いやぁ、ミユキを驚かそうと思ってさ。鏡の伝説のことで怖がってたから。まさか、ここまで信じちゃうなんて」

「クミが悪いんだよ」

となりにいた菜子が手のこうでクミの腕を軽くたたく。

「ドッキリにしてもやりすぎなんだよ。クラスのみんなに協力してもらって、ミユキを追いまわすなんて」

「いや、本当はもっと早くネタバラシする予定だったんだよ。でも、ミユキが逃げまわるからさー。私の声、聞こえなかった？」

「……………う、うん」

呆然とした顔でミユキはうなずく。

「みんな、鏡の国の住人じゃないの？」

「そんなわけないって！」

クミが顔の前で右手をぱたぱたと振る。

「でも、ホクロの位置がちがうし」

「これは描いただけだよ。元のホクロはファンデでかくしてさ」

よく見ると、クミの顔にはファンデーションがぬられている。

「じゃあ、菜子の髪も……………」

「ミユキが私たちのあとを追いかけてきてたのがわかってたからね。鏡の前で逆に結んだんだよ。それから、菜子に悲鳴をあげさせたの」

「それなら、ケガは？」

「あーっ、ケガは本当だよ」

クミは額に巻かれた包帯を人さし指でめくった。その部分にはうっすらと数センチの傷がついていた。

「でも、この通り、たいしたことなくてさ。血もでなかったんだよね」

「は…………はぁ。もう、信じらんない」

ミユキはへなへなとその場にくずおれた。

(全部、クミたちのいたずらだったんだ)

階段の下にいる海斗と視線が合った。海斗のとなりには、さっき用具室に入ってきた男の子もいた。海斗もその男の子から事情を聞いたのだろう。その表情にはとまどいがあった。

（そうか。海斗くんは鏡の国のことを信じてたから、少し複雑な気持ちなのかもしれない。

でも、これでよかったんだ）

「鏡の国なんて、あるわけなかったんだ…………」

ミユキのつぶやきに、菜子が笑いだす。

「そりゃ、そうだよ。鏡のなかに別の世界があるなんて、ありえないから」

「そーそー」

クミがうんうんとうなずく。

「ほら、立って。もうすぐ昼休みも終わるよ」

「う、うん」

クミの手をつかんで、ミユキは立ちあがった。

大きくひびが入った鏡が目に入る。ひびは鏡全体に広がっていて、映っている自分の姿がゆがんで見えた。

「あ、これ、どうしよう。私がバットでたたいたから…………」

「さすがに、今度はごまかすのは無理かな」

クミは頭をかいた。

「しょうがない。いっしょに先生のところに行こうか」

「いいの？」

「いやぁ、悪いのは私だしさ。ふたりであやまろうよ」

「私も行くよ」

菜子が右手をあげる。

「クミのいたずらに参加しちゃったからね」

「あ、ありがとう。菜子、クミ」

ミユキのほおがゆるんだ。

「じゃあ、みんなで……あれ？」

ミユキは菜子のほおに細い傷ができていることに気づいた。その傷は小枝のようにわかれている。

「……菜子。ほおに傷があるよ」

「えっ？　傷？」

菜子は自分のほおにふれる。

「……あ、ほんとだ。いつケガしたんだろ？」

「痛くないの？」

「うん。もしかして、爪で引っかいちゃったのかな？　って、ミユキもケガしてるじゃん」

菜子がミユキの額を指さした。

「……え？」

ミユキはあわてて自分の額にふれる。指先にかすかな引っかかりを感じた。

「あれ？　どうして？」

「待って！　クミの傷が増えてるよ」

菜子の言葉に、ミユキは視線をクミに動かす。

クミの顔には額だけではなく、口元にも傷ができていた。その傷はいくつにも枝わかれしている。

「どういうこと？」

自分の額にふれながら、ミユキはかわいた声をだした。

（何が起こってるの？　さっきまでは、傷なんてなかったはずなのに）

階段の下にいる海斗もミユキたちと同じように、顔に傷ができている。

（まるで、ひびが入ってるみたい…………あ…………）

ミユキはひび割れた鏡を見る。

そこには体全体にひびが広がっていく自分たちの姿が映っていた。

ピシピシと音がして、自分の手にひびが入る。

ミユキは海斗の言葉を思いだした。

『あいつらはしょせん鏡の国の住人だからな。割れば死ぬはずだ』

『そうだ。あの鏡を割れば、鏡の国の住人全員を一度にこわせるかもしれない』

「ま、まさか…………」

その時、大きな音とともに鏡が割れた。

同時に、クミと菜子の体が粉々になる。

「クミ…………菜子…………」

「そうか…………」

階段の下から海斗の声が聞こえた。

「俺たちは………」

海斗がしゃべり終える前に、彼の体もバラバラになる。

「海斗くん………」

ミユキの体がかたむき、視界がななめになる。

(……海斗くんの言うとおり、鏡の国はあったんだ)

「こっちが……鏡のなかの世界………」

ひび割れたミユキの目に涙がにじむ。

(そして、私たちが鏡の国の住人………)

自分たちが何者なのかを理解した瞬間、皿が割れるような音がして、ミユキの視界が真っ白になった。


「あーっ、やっちゃった」

階段の踊り場で、ミユキは顔をしかめた。

2年
組

目の前の壁には割れた鏡があり、床にはその破片がちらばっている。

「何やってんのよ」

クミがあきれた顔で落ちた鏡の破片を拾いあげる。

「こんなところでバットを振りまわすなんてさ」

「校庭で野球ごっこやろうって言ったのはクミじゃん」

ミユキは唇をとがらせる。

「だから、鏡の前でフォームを確認しようと思って…………」

「遊びでやるんだから、フォームなんてどうでもいいんだよ」

「そりゃあ、そうだけどさー」

ミユキは割れた鏡をじっと見つめる。

「んっ？　どうかしたの？」

「…………いや、鏡が割れる前にさ、映ってた私が泣いてたような気がして…………」

「泣いてないじゃん」

「だから、鏡のなかの私がだよ」

「えーっ、そんなことあるの？」

クミのそばにいた菜子が首をかしげる。

「ミユキの見まちがいじゃないのかな」

「うーん……そうかなぁー」

「そんなこと考えてる場合じゃないよ」

周囲にちらばった鏡の破片を見ながら、クミが言った。

「先生、絶対に怒ると思うよ」

「うっ、どうしよう？」

「どうしようって、職員室に行って先生にあやまるしかないでしょ。私もいっしょにあやまってあげるから」

「私も行くよ」

菜子が左手をあげる。

「一応、友だちだしね」

「一応って……」

「あはは、ごめんごめん」

菜子はぺろりと舌をだす。

三人は階段をおりて、職員室にむかった。

「そうそう」

となりを歩いているクミが口を開いた。

「鏡の国の伝説って知ってる？」

「鏡の国？」

「うん。じつはさ、さっきの鏡のなかには別の世界があって、鏡の国の住人が抜けだしてくるんだって」

「抜けだすって、あの鏡から？」

「……………そう。そんなウワサがあったんだよね。いつの間にか、鏡の国の住人が私たちと入れかわってるって」

「怖いこと言わないでよ」

ミユキがぶるりと体を震わせた。

「私、その手の話、苦手なんだから」

「まあ、ミユキが鏡を割っちゃったから、もう、伝説もなくなっちゃうかもねー」

「そんな怖いウワサ、なくなったほうがいいから」

「あははっ！　ほんと、ミユキは怖がりだなー。からかいがいがあるよ」

「ひっどーい！」

彼女たちの笑い声がろうかにひびいた。

# エピローグ

八十五時間目の授業を終わります。
古い鏡にひびを入れてしまった少女。
次の日、少女は友だちに違和感を覚えました。
鏡の国の住人と入れかわっているのではないかと思ったのです。
しかし、それは友だちのいたずらでした。
友だちはクラスメイトに協力してもらって、みんなで少女をだましていたのです。
安心した少女でしたが、とんでもない結末が待っていました。
じつは少女たちがいる世界こそが、鏡の国だったのです。
少女たちは鏡が割れたために、全員がこわれてしまいました。
自分たちが鏡の国の住人だと気づいて、少女はどんな気持ちになったのでしょうか。

…………私たちが当たり前のように暮らしているこの世界。
そこは本当に現実なのでしょうか？
皆さんが見ている鏡のなかの光景こそが、ホンモノなのかもしれません。

絶叫学級

ぜっきょうがっきゅう

# 86時間目(じかんめ)

# 目々子(めめこ)さんの呪(のろ)い

# プロローグ

こんにちは。
今回も身の毛がよだつ授業を始めましょう。
皆さんは、いくつの都市伝説をご存じですか？
有名なところでは、口裂け女。
トイレの花子さんに、人面犬。
歩きまわる人体模型に、夜中に鳴りだす音楽室のピアノ。
えっ？　みんな知っている？
それは、素晴らしい。
それでは、今回はあまり知られていない都市伝説をご紹介しましょう。
肩をたたかれて、振り返る。

日常でよくある光景です。
しかし、肩をたたいた相手は、知っている人なのでしょうか？
もしも、得体の知れない何かだったら…………。

六年二組の教室で、古賀ハルヒは窓から外を見ていた。下校中の生徒たちが校門にむかって、おしゃべりをしながら歩いている。

「ハルヒーっ！」

名前を呼ばれて、ハルヒは振り返る。

ほおに愛里の人さし指があたった。

愛里はハルヒのクラスメイトで一番仲のいい友だちだ。長いツインテールをゆらしながら、にししと笑っている。

「あはは。ひっかかったー」

「………何してんの？」

ハルヒは冷たい視線を愛里にむける。

「これって低学年のころに流行った遊びじゃん。いまさらだよ」

「えーっ、反応悪いなー」

愛里がぷっとほおをふくらませる。

「まあ、そんなクールなところが、ハルヒのいいところなんだけどね」

「そうなの？」

「うん。髪はショートだし、性格もさばさばしててさ。それに」

愛里はハルヒの服に視線をむける。ハルヒは白地のシャツに青のパーカ、黒のロングパンツをはいていた。

「服だってパンツばっかりだし」

「そっちのほうが動きやすいしね。それにミニスカートは似合わないと思うから」

「そうかなぁ。かわいい服も似合うと思うよ。顔はまあまあかわいいし」

「まあまあって、ほめてるの？」

「もちろんだよ！」

愛里はぽんと自分の胸をたたく。

「ハルヒは私の一番の友だちだもん」

「一番ねぇ…………」

「あ、信用してないな」

「いやぁ、愛里は調子いいから。他の子にも同じこと言ってそう」

「ひっどーい！」

愛里は不満げな表情をする。

「私のこと、そんなふうに思ってたの？」

「あはは。でも、愛里にはいいところもあるよ」

「どんなところ？」

「えーと、意外と物知りなところとか。流行のファッションとかメイクの仕方とか。あと、怖い話もいっぱい知ってて」

「あっ、そうだっ！　怖い話っていえば、すごいウワサを聞いちゃったんだよ」

愛里は瞳をきらきらと輝かせて、ハルヒに顔を近づけた。

「ねぇ、聞きたいでしょ？」

「まあ、そんな言い方されると、たしかに気になるけど…………。で、どんなウワサ？」

「目々子さんのことだよ」

「目々子さん？　それって、都市伝説系？」

「まあね。でも、これはガチなの。となり町の子が会っちゃったんだから」

愛里は周囲を見まわしたあと、声をひそめる。

「マジで怖いやつなんだ」

「…………どんな話なの？」

「あのね、ひとりでいる時、うしろから、目々子さんに肩をたたかれるの。その時、目々子さんと目が合ってしまうと、二十四時間後に目をえぐりとられちゃうんだって」

「目をねぇ…………」

「えっ？　怖くないの？　目をえぐられたら、一生、何も見えなくなるんだよ？」

「そりゃあ、目が見えなくなるのは怖いよ。でも、どうせウソでしょ」

「そんなことないって。目をえぐられた子、今も入院してるんだよ。となり町にある大きな病院に」

「へーっ、そうなんだ」

ハルヒは机の上においていたランドセルを背負う。

「じゃあ、そろそろ帰ろうか」

「あーっ、やっぱり、信じてないんだ？」

「いやぁ、この手の話はよく聞くからなぁー」

「それなら、帰りながら、くわしく話してあげるから」

「はいはい」

そう言って、ハルヒはふっと息をはいた。

(都市伝説って、ウソばっかりだし。あんなのを信じるほうがどうかしてるよ。まあ、そういうのが楽しいって人は身近にいるけどさ)

家に帰ると、リビングに兄のチハルがいた。チハルはハルヒより五つ年上の高校生だ。優しげな顔立ちをしていて、背が高い。勉強もスポーツもできるのに、オカルト研究会に入っていた。

「おかえり、ハルヒ」

チハルは笑顔でハルヒに声をかけた。

「チハル兄、今日は早いね。いつも私より遅いのに」

「ああ。今、テスト期間中なんだ」

チハルはソファーに座って本を読みはじめた。

ハルヒはその本のタイトルを確認する。

『昭和のオカルト大全』

「勉強してないじゃん」

「テストの勉強をする必要はないよ。授業で充分だから」

「まあ、チハル兄は頭いいからね。でも……………」

「でも、なんだよ？」

「ちょっと変かな、って」

ハルヒはチハルが読んでいる本を指さす。

「そんな本読む人、少ないと思うよ」

「そうかな？　おもしろいのに」

チハルは首をかしげる。

その仕草にハルヒのほおがゆるんだ。

（まあ、こういう変なところもチハル兄の魅力かもしれないな。同じクラスの女子にも人気みたいだし）

「そうだ。今日、学校で愛里から目々子さんの話を聞いたんだ」

「目々子さん？」

「うん。ちょっと怖いウワサかな」

ハルヒは愛里から聞いた話をチハルに伝えた。

「………で、そのとなり町の子、今も入院してるんだって」

「へーっ、おもしろい話だね」

チハルがアゴに手をあてて考えこむ。

「ん？　どうしたの？」

「いや、その話、どこから伝わってきたのかなって」

「どこからって、そんなことが気になるの？」

「物事には必ず理由があるはずなんだ。そのウワサがでた原因も、その子が入院した理由を調べればわかるんじゃないかな」

「えっ？　チハル兄は目々子さんのウワサを信じてるの？」

「絶対にウソだとは限らないだろ」

「うーん、そりゃ、そうだけどさー」

うなるような声をだしたハルヒの頭をチハルがなでる。

「まあ、ふつうに考えるなら、ウソだろうね。誰かがヒマつぶしに作ったってところかな」

「そんなことして、何がおもしろいんだろう？」

「きっと、自分が考えたウワサが広がるのが楽しいんだよ」

「あーっ、そういう人もいるんだね」

「うん。今はネットもあるし、うまくやれば、全国にウワサを広げることも簡単にできるよ。写真の加工も個人でやれるようになったから」

「だから、いろんな都市伝説があるのかな？」

ハルヒの質問にチハルはうなずく。

「人が怖がる姿を見て楽しむ人もいるし」

「チハル兄もそうなの？」

「僕はちがうかな。他人の反応よりも、自分自身が気になるんだ。科学では説明のつかないことが」

チハルの目がきらきらと輝く。

「だから、目々子さんの話も興味あるよ。なかなか怖い話だしね」

ハルヒは自分の目が見えなくなることを想像した。

(目が見えないと、本が読めないしテレビも観られなくなっちゃうんだよな。それに顔が傷つくのもイヤだ。私だって、一応女の子だから)

その時、玄関のドアが開く音がして、母親の声が聞こえてきた。

「ただいまーっ！　スーパーで野菜を安売りしてたから、いっぱい買っちゃった。誰か手伝って！」

「はーい！」

ハルヒは大きな声で返事をして、玄関にむかった。

次の日の朝、ハルヒは教室で大きなあくびをした。

(昨日、夜遅くまでチハル兄と都市伝説の話をしてたから眠いや)

パシパシと両手でほおをたたいていると、教室に愛里が入ってきた。

愛里は青ざめた顔をして、歯をかちかちと鳴らしている。

(あれ？　愛里の様子が変だ)

ハルヒは愛里にかけ寄った。

「どうしたの？　愛里」

「…………った」

「んっ？　何？」

「…………会ったの」

「会った？　会ったって誰に？」

「…………め、目々子さん」

「え………？」

ハルヒはまぶたをぱちぱちと動かす。

「目々子さんって、昨日、話してた？」

「………うん」

ハルヒたちの会話を聞いて、クラスの女の子たちが集まってきた。

「ちょっと、愛里」

ハルヒは眉根を寄せた。

「そこまでして、私たちを怖がらせたいの？」

「ちがうっ！　本当だもん！」

愛里が強い口調で言った。

「さっき、下駄箱の前でうしろから肩をたたかれて。で、振りむいたら………いたの」

「いたって、目々子さんが？」

「………うん。髪がすごく長くて、汚れたワンピースを着てた。それで瞳が真っ白だったの。あれ、絶対に目々子さんだよ」

周囲にいた女の子たちがざわつきはじめた。

「……目々子さんって、本当にいたってこと？」

「そう……なのかも……」

「じゃあ……二十四時間後に愛里の目がえぐられて……」

「それって、目が見えなくなるの？」

「そりゃそうだよ。眼球がなくなるってことだから」

周囲の空気が重くなる。

怖がっている愛里を見て、ハルヒの唇がかわいた。

「どっ、どうするの？　先生に言ったほうがいいんじゃ」

「先生なんか役にたたないって！　目々子さんは人間じゃないんだから。警察に話しても、何もできないよ」

「でも、このままじゃ、愛里の目が……」

「……昨日、話してなかったけど、目々子さんから逃れる方法があるの」

「逃れる方法？」

「うん。同じように他の子の肩をたたいて、『目々子さん、目々子さん、この子の目をさしあげます』って言うの。そうすれば、目々子さんの呪いが別の子にうつるから」

愛里の言葉に、ハルヒの表情がかたまった。

「呪いをうつすって……うつされた子はどうなるの？」

「その子が目をえぐりとられるんだよ。だから、その子も他の子に呪いをうつさないといけないの」

「誰かが犠牲にならないとダメってこと？」

「………うん」

愛里がうなずくと、クラスの女の子たちの顔が恐怖でゆがんだ。

「どうしよう？　ハルヒ」

愛里の問いかけに、ハルヒは何も答えることができなかった。

午前中の授業が終わると、愛里はイスから立ちあがった。

同時に、クラスメイトたちは愛里から距離をとる。

「あ………」

愛里は唇をわずかに開いたまま、その場で体をかたくする。

（みんな、肩をたたかれるのが怖いんだ）

クラスメイトたちは愛里をちらちらと見ながら、その動きを注視していた。

「だっ、大丈夫だよ、みんな」

震える声で愛里が言った。

「私、みんなの肩をたたこうなんて、思ってないから」

「信じられないよ」

愛里と同じ班の京子が言った。京子は頭がよく、クラスの副委員長をしていた。

京子は愛里と距離をとったまま、形のいい唇を開いた。

「そうやって、油断させるつもりでしょ」

「ちっ、ちがう！　私は」

「来ないで！」

京子は近づこうとした愛里から素早くはなれた。

「悪いけど、愛里と関わりたくないの」

「そうそう」

京子の近くにいた女の子たちが同意する。

「ほんと迷惑だよ。愛里のせいで休み時間も緊張しちゃうし」

「私なんて、愛里の席の前なんだよ。授業中だって怖いよ」

「わかる。授業に集中できないよね」

「ねぇ、愛里」

京子が針のように目を細くした。

「今日はもう早退しなよ」

「…………早退？」

「どうせ、あなたは授業受ける必要ないでしょ。明日の朝には、目をえぐりとられちゃうんだし。そうなったら、きっと死んじゃうよ」

「そんな…………」

冷たい言葉をあびせられて、愛里の目に涙が浮かぶ。

（ひどいな。京子は愛里と仲良くしてたはずなのに。他のみんなも愛里のことなんて心配してない。自分に呪いをうつされるのをいやがってるだけじゃん）

ハルヒはイスから立ちあがって、愛里に歩み寄った。

「愛里…………」

「…………ハルヒ？」

声をかけられるとは思っていなかったのか、愛里は目を丸くしてハルヒを見つめる。

「愛里、私に呪いをうつしなよ」

「…………え？」

愛里は驚いた顔でハルヒを見つめる。

「肩をたたけば、呪いは私にうつるんでしょ」

「で、でも、そうしたら、ハルヒが…………」

「私のことはいいから！」

「…………本当にいいの？」

「うん。愛里は私が守る！」

「ハルヒ…………」

「ほらっ、早く！」

そう言って、ハルヒは愛里に背をむけた。

愛里はしばらくためらったあと、ハルヒの肩をたたいた。

「目々子さん、目々子さん、この子の目をさしあげます」

その瞬間、ハルヒは自分の体がぐっと重くなった気がした。

「…………こっ、これで、愛里の呪いは私にうつったってことだよね？」

ハルヒはクラスメイトたちにむかって言った。

クラスメイトたちは顔を見あわせて、ひそひそと何かを話しだした。

「ハルヒ、ありがとう」

愛里がハルヒに頭をさげた。

「ハルヒのおかげで、私、助かったよ」

「うん。きっと、みんなとも、また元通りの関係に戻れるよ」

安心した様子の愛里を見て、ハルヒは笑顔でうなずいた。

家に戻ると、ハルヒはリビングにいたチハルに学校での出来事を話した。

「呪いをうつしてもらった？」

チハルはソファーから立ちあがって、ハルヒの顔をじっと見つめる。

「どうしてそんなことしたんだ？」

「だって、愛里がかわいそうだったから。私とちがって、目々子さんのこと完全に信じてたし」

「だけど、目々子さんの話が本当なら、おまえの目がえぐられちゃうじゃないか」

「それは………そうだけど」

もごもごとハルヒは口を動かす。

「まあ、正義感の強いハルヒらしい行動だな」

チハルはため息をついて、頭をかく。

「で、クラスの様子はどうなんだ？」

「愛里のほうは大丈夫だけど、私のほうがね」

「今度はおまえに近寄らなくなったたってことか………」

「うん。みんなの気持ちはわかるよ。やっぱり、呪いをうつされるのは怖いし」

ハルヒの声が低くなる。

「ねぇ、チハル兄。物事には必ず理由がある、って言ってたよね。それなら、理由がわかれば、目々子さんの話がウソってわかるんじゃないかな」

「………いや、調べるのなら、目々子さんの話は本当だと思ったほうがいい」

「えっ？」

「ウソなら、おまえの目がえぐられることはないからな。本当の時こそが問題だろ？」

「あ………たしかにそうだね」

「だから、目々子さんの呪いを解く方法を調べよう。きっと、他人にうつさなくてもいい方法があるはずだ」

「うんっ！」

ハルヒは両手をにぎりしめてうなずいた。

（やっぱり、チハル兄は頼りになる。たとえ、目々子さんの呪いがホンモノでも、なんとかなるはずだ！）

チハルの部屋のドアを開けると、本棚にずらりと並んだオカルト関係の本が目に入った。

本棚の横には、ガラス製のテーブルがあり、その上にはドクロの模型がおかれていた。

「また、本増えてるね。何冊あるの？」

「二百冊ぐらいかな」

そう言いながら、チハルは机の上にあったノートパソコンの電源を入れる。ピッと音がして、液晶画面にピラミッドの写真が表示された。

「僕が持ってる本には、目々子さんのことは書かれてないから、ネットを使って調べてみよう」

なれた手つきでマウスを動かし、検索サイトで『目々子さん』と入力する。液晶画面に、『目々子さん』の文字がいくつも表示される。

「あ、いっぱい記事がでてきた」

「そのかわり、ウソの情報も多いんだ。だから、しっかりと見極めないと」

チハルは『目々子さんの謎』と表示されたサイトをクリックした。画面に不気味な白い目の画像がでてくる。その下には、目々子さんの情報が書かれていた。

『目々子さんは東京に住んでいた女子中学生で、二〇〇四年に失明を苦に自殺した。その後、全国で目をえぐられる事件が多発し、ウワサが広まっていった』

「二〇〇四年ってことは、十四年前だな」

チハルは次に、『目々子さん　本名』で検索する。

「………本名はわからないみたいだな。目をえぐりとられるから、目々子さんって呼ばれるようになったらしい」

「どうして、目々子さんは失明したんだろ？」

「それは………あ、このサイトに書いてあるな。カラコンの使い方をまちがったらしい。目に炎症が起きて失明したみたいだな。それで、新しい目を手に入れるために、他人の目をえぐってるんだ」

詳細な情報に、ハルヒの背筋が寒くなる。

ハルヒはチハルのシャツのそでをにぎった。

「チハル兄っ、呪いを解く方法は書いてないの？」

「えーと……このサイトにのってるのは、他人に呪いをうつす方法だけだ」

「それは知ってるよ！」

「落ちつけ、ハルヒ」

チハルはハルヒの頭に手をおいた。

「こういう時は、冷静になったほうがいいんだ」

「でっ、でも……」

「時間はまだ……十七時間以上あるんだから」

壁にかけてある時計を見ながら、チハルは言った。

「他のサイトもチェックしてみよう。必ず呪いを解くヒントがあるはずだ」

「う、うん！」

チハルがマウスをクリックすると、小学生ぐらいの女の子の写真が表示された。どうやら、写真の女の子が日記を書いているサイトのようだ。

「なんで、こんなサイトがでてきたの？」

「………あ、これだな。一か月前の日記のタイトルが『目々子さんに会った』になってるんだ。それで、検索に引っかかったみたいだ」

画面にその日記が表示された。

『大ニュース！　ミサねぇ、今日、目々子さんに肩をたたかれちゃった。古いワンピースを着てて、瞳が白かったから、ちょっと怖かったよ。ウワサでは、目々子さんに肩をたたかれると、二十四時間後に目をえぐりとられちゃうんだって。もちろん、ミサはそんなウワサ信じないけどね』

「この子は、目々子さんのこと、信じてなかったんだね」

「………みたいだな」

チハルの顔がけわしくなった。

「どうしたの？　チハル兄」

「………最近、日記が更新されてないんだ」

「それがどうかしたの？」

チハルは無言で最後に書かれた日記のタイトル『報告』をクリックした。

『ミサの兄です。ミサは失明を苦に自殺しました。今まで、ミサと仲良くしてくれた皆さん、ありがとうございます。このサイトは、ミサの思い出として、ずっと残しておこうと思います』

「これって…………」

「うん。この日記を書いたミサって子は自殺したみたいだな。それをお兄さんが日記で報告したんだ」

「ちょっと待って！　ってことは、この子は目々子さんに目をえぐられちゃったってこと？」

「それはわからないけど、失明したのはまちがいなさそうだ」

「そんな…………」

ハルヒの声が震えた。

「こんな日記があるってことは、目々子さんの呪いはホンモノなの？」

「…………可能性は高くなったな」

チハルは暗い声で答えた。

「もちろん、この日記自体が人をおどかそうとして書かれた可能性はある。だけど、遊びにしては手がこんでる。写真もいっぱいはってあるし」

ハルヒは笑っているミサの写真を見つめる。

(この子……もう死んでるんだ)

ドクン……ドクン……ドクン……。

自分の心臓の音が耳元で鳴っているような気がした。

チハルがハルヒの肩にそっとふれた。

「ハルヒ、怖いのなら、僕に呪いをうつしていいんだぞ」

「えっ？　チハル兄に？」

「ああ。僕はおまえの兄貴だからな。かわいい妹は守ってやらないと」

「そんなのダメだよ！」

ハルヒは部屋中にひびく声で言った。

「私のせいでチハル兄の目がえぐられるなんて、絶対にイヤだから！」

「だけど、おまえ、怖いんだろ？」

「怖くてもがまんするよ。それに、チハル兄が他の人にうつさないで呪いを解く方法を見つけてくれるはずだし」

「…………そうだな」

チハルは優しげな目でハルヒを見つめる。

「よし！　おまえはスマホで目々子さんの情報を集めてくれ」

「わかった」

ふたりは夜遅くまで情報を集めたが、目々子さんの呪いを解く方法は見つからなかった。

次の日の朝、ハルヒは重い足どりで学校にむかった。昨夜、雨が降ったのか、空気が重く感じられた。

(目々子さんの呪いが本当だったら、あと、四時間ちょっとで私の目がえぐられることになる)

白い瞳の女の子が自分の目をえぐる姿を想像して、ハルヒの腕に鳥肌が立った。

(チハル兄は、オカルト系にくわしい友だちに聞いてみるって言ってたけど、正直、期待できない。昨日、あんなに調べたのに、なんの成果もなかったんだから)

その時、スマートフォンからメールの着信音が鳴った。

ハルヒが確認すると、メールの送り主はチハルだった。

『友だちがとなり町の知りあいに連絡をとってくれたよ。目をケガして入院してる子は実際にいるらしい。警察は事故と考えているようだけど、安心はできない。また、連絡する』

「…………本当に入院してたんだ」

スマートフォンを持つ手がかすかに震える。

(愛里が言ってたことはウソじゃなかった。ってことは、やっぱり、呪いは…………)

その時、背後から足音が聞こえてきた。

ハルヒは素早く振り返る。

そこにいたのは近所の低学年の女の子だった。

「おはようございます」

女の子は元気よくハルヒにあいさつする。

「あ…………お、おはよう」

ハルヒはぎこちなく女の子に笑いかけた。

(よかった。目々子さんじゃなかった)

いつの間にか、手のひらが汗でびっしょりとぬれていた。

教室の扉を開けた瞬間、クラスメイトたちがいっせいにハルヒを見た。全員の顔がこわばり、教室が静まりかえった。

「…………おっ、おはよう」

「…………」

誰もあいさつを返そうとしない。

(おはようも言ってくれないんだ…………)

唇をかんで窓際の自分の席にむかうと、クラスメイトたちの視線がハルヒを追いかけてくる。

(みんな、私に肩をたたかれないように警戒しているんだな)

その時、愛里が自分を見ていることに気づいた。

（愛里なら、私のことを気にしてくれているはず）

愛里に近づこうとした時、彼女はハルヒから顔をそらした。

「え…………？」

ハルヒの足がとまる。

（そうか。愛里も不安なんだ。私が呪いを信じて、肩をたたかせてくれってたのむんじゃないかって…………）

奥歯を強くかみしめ、自分の席に座る。

ふと窓を見ると、不安げな表情をした自分の姿の横に、黒い人影のようなものが映っている。

ハルヒはあわてて周囲を見まわす。

しかし、近くに人の姿はない。

深く息をはきだして、ハルヒは額の汗をぬぐう。

（気のせい…………だったのかな。まだ、二十四時間たってないし）

ハルヒはスマートフォンをとりだして、チハルのメールを確認する。
しかし、新しいメールは届いていなかった。
（チハル兄、早くして！　もう時間がないよ）
ハルヒはスマートフォンを両手でにぎりしめ、祈るようにきつく目を閉じた。

四時間目の授業の途中、ハルヒは気分が悪くなり、早退することにした。
先生に報告したあと、靴をはきかえて校舎をでた。
空は雲におおわれていて、太陽が見えない。
（これから、どうしよう？　家に帰ってもチハル兄もいないし）
近くにあった木製のベンチにランドセルをおいて、そのとなりに座った。
（もうすぐ二十四時間になる………）
両足が小刻みに震えだし、歯がカチカチと音をたてる。
「目をえぐられたら、どうなるんだろう？」
自分の目がえぐられる光景を想像する。

(そうなったら、一生、目が見えなくなるんだ。いや、もしかしたら、その場で死んじゃうかもしれない。血だって、いっぱいでるだろうし)

その時、女の子たちの話し声が聞こえてきた。

振り返ると、校舎の一階のろうかに愛里がいた。愛里は開いた窓に背をむけて、クラスメイトたちとおしゃべりをしている。

「ハルヒ、早退しちゃったね」

愛里がそう言うと、正面にいたクラスメイトが口を開く。

「そりゃあ、勉強する気にはなれないって。もうすぐ、目々子さんに目をえぐられちゃうんだから」

「…………そうだよね」

「まあ、ハルヒは勇気あるけど、無謀だよ」

「そーそー」

他のクラスメイトがうなずく。

「愛里の呪いを引き受けてもさー、なんの解決にもならないしね。まあ、本人には言えないけど」

「うん。無意味な行動だよね」

「ねぇ、愛里。今、ほっとしてるんじゃないの？」

クラスメイトの質問に、数秒間、愛里は沈黙した。

「……………そうだね。正直、ラッキーって思ってるよ」

その言葉に、ハルヒは衝撃を受けた。

（ラッキー？　呪いを引き受けた私のことなんて、なんとも思ってないの？　私を一番の友だちって言ってたのに）

愛里は笑いながら、クラスメイトたちとしゃべりつづけている。

（どうして？　どうして笑ってるの？　私の目がえぐられてもいいの？）

「愛里………」

ハルヒの心に怒りの感情が芽生えた。

ハルヒは足音をしのばせて校舎に近づく。

（愛里たちは私が帰ったと思ってる。今なら、簡単に肩をたたける………）

目の前に愛里の背中がある。

（そうすれば、私の目がえぐられることはなくなるんだ。それに、もともと愛里が受けた呪いなんだから）

ハルヒは愛里の背中に手を伸ばした。

（肩をたたけば、私は助かる………）

指の先が愛里の肩にふれる直前、ハルヒの動きがとまった。

（………できない。呪いを人にうつすなんて）

「ねえ、もう教室に戻ろう」

京子がそう言うと、愛里は窓からはなれた。そして、クラスメイトたちといっしょに歩きだす。

そのうしろ姿を、ハルヒは青ざめた表情で見送る。

（もう、ダメだ。時間が………）

その時だった。

「ハルヒちゃん………」

背後から、誰かがハルヒの肩をたたいた。

ひんやりとした手の感触に、ハルヒの顔から血の気が引く。

校舎の窓ガラスに視線をむけると、髪の長い不気味な女の子の姿がぼんやりと映っていた。その瞳が白いことに気づいて、ハルヒは女の子が目々子さんだと確信した。

(目々子さんだ。今、私のうしろに目々子さんがいる)

「ひ、ひっ！」

ハルヒは白い手を振りはらって、その場から逃げだした。校舎の壁ぞいに走りつづけ、裏庭のコナラの木の陰にかくれる。

(目々子さんは本当にいたんだ)

荒い呼吸を整えながら、ハルヒは周囲を見まわす。裏庭に人の姿はなく、枝葉が風にゆれる音だけが聞こえている。

(きっと、目々子さんは私のことをさがしてるはずだ)

その時、スマートフォンの着信音が鳴った。

通話ボタンを押すと、スピーカーからチハルの声が聞こえてきた。

『ハルヒっ、わかったぞ！　呪いを解く方法が』

「えっ？　本当？」

『ああ。その方法を使って、助かった女の子がいたんだ』

「どんな方法なの？　今、私、目々子さんに追われてて」

『目々子さんが近くにいるのか？』

「うん。さっき、肩をたたかれて、なんとか逃げだせたんだけど」

『…………そうか。じゃあ、時間がないな。カッターナイフは持ってるか？』

「カッターナイフなら、ペンケースのなかにあるよ。でも、ランドセルをベンチにおきっぱなしにしてて」

『それなら、まずはカッターナイフを手に入れるんだ。そして…………』

チハルは呪いを解く方法をハルヒに伝える。

「えっ、そんなことやるの？」

『目々子さんが近くにいるのならやるしかない。僕も学校を早退してそっちにむかってるから！』

「わかった！」

ハルヒは電話をきって、ベンチにむかって走りだした。

近くに目々子さんがいないことを確認して、ハルヒはベンチにかけ寄った。そこにおいてあったランドセルからペンケースをとりだし、カッターナイフを手にとる。

するどいカッターナイフの刃を見て、ハルヒのノドが動く。

(怖いけど、やるしかないんだ)

ハルヒは左手の人さし指の先をカッターナイフで切りつけた。

ちくりとした痛みを感じ、指先から血が流れだす。その血を右手の指先につけた。

「ハルヒちゃん………」

目々子さんの声が背後から聞こえた。

ハルヒは目を閉じて、血のついた両手でまぶたを押さえた。その状態でゆっくりと振り返る。

目の前に目々子さんが立っている気配がする。

（落ちつけ。チハル兄が教えてくれた通りにやるんだ）

ハルヒは結んでいた唇を開く。

「め……目々子さん、目々子さん。私にはあなたにあげる目がありません」

「…………」

ハルヒの言葉に目々子さんは反応しない。

まぶたを押さえた指のすき間から血が流れおち、ほおにたれる。

（もし、これでダメだったら、私の目は……）

真っ暗な視界のなか、ハルヒは必死に恐怖に耐えた。


数分後、誰かがハルヒの手をつかんだ。

「ひっ！」

思わず、ハルヒは目を開く。

手をつかんでいたのは、チハルだった。

「ハルヒ、大丈夫か？」

「あ……チハル兄……」

一気に緊張がとけて、ハルヒは地面にぺたんと腰を落とした。

「私……助かったの？」

「みたいだな」

チハルは周囲を見まわして、ハルヒの前にしゃがみこむ。

「どうやら、呪いを解く方法はまちがってなかったらしい」

「目々子さんは私の目がないと思ったんだよね？」

「ああ。血がついていたからな」

「……そっか。そのために血が必要だったんだね」

ハルヒはカッターナイフで切った指先を見つめる。すでに血はとまっていて、痛みもあまり感じなくなっている。

「目々子さんは失明した自分の目のかわりをさがしていたんだ。でも、他人の目を手に入れても、それを自分が使えるわけじゃない」

「それで何人も目をえぐられていたんだね」

「ああ。物事には必ず理由があるってことさ」

そう言って、チハルはハルヒの頭をなでた。

「とりあえず、指の傷を手あてしないとな」

「これぐらい平気だよ」

ハルヒは血のとまった指先をチハルに見せる。

「ほらっ、ちょっとしか切ってないし」

「いや。小さなケガでも注意したほうがいい。保健室に行こう」

ふたりは保健室にむかって歩きだした。

「……………ねぇ、チハル兄」

歩きながら、ハルヒはチハルに声をかけた。

「ん？　なんだ？」

「これで、目々子さんの呪いは消えたの？」

「……………いや」

チハルはけわしい表情をして、首を左右に振った。

「呪いはなくならないと思う」

「えっ？　どうして？」

「目々子さんの目的は目を手に入れることだからな」

「じゃあ、今も目々子さんは…………」

「目をさがしてるだろうな」

チハルの言葉に、ハルヒの体がぶるりと震えた。


放課後、女子トイレの洗面台の前で、愛里はリップクリームをぬっていた。

「愛里ーっ！　私、先に帰るからね」

京子が扉の前で手を振る。

「うん。じゃあ、また明日ね」

そう言って、愛里は鏡に映った自分の姿を確認する。

「…………よし！　いい感じ」

うんうんとうなずいて、リップクリームをミニスカートのポケットに入れる。

扉にむかおうとした瞬間、誰かが肩をたたいた。

「愛里ちゃん……」

聞きおぼえのある声がした。

「んっ？」

愛里はくるりと振り返る。

「あ……」

目の前に髪の長い女の子が立っていた。女の子の見開かれた目は瞳まで白く、赤黒い血が流れだしていた。

「め、目々子さん？　なっ、なんでっ！」

一瞬で愛里の顔がロウソクのように白くなる。

逃げようとしたが、恐怖のあまり、足が動かない。

目々子さんは愛里の目を見て、青黒い唇をつりあげて笑った。

「目……見つけたぁ……」

甲高い声をあげて、目々子さんは愛里の両目に白い手を伸ばす。するどくとがった爪が

愛里の瞳に映る。

「ひっ、ひいいいっ!」

目に痛みを感じると同時に、愛里の視界が真っ暗になった。

# エピローグ

八十六時間目の授業は、これで終わりです。

友だちを助けるために、目々子さんの呪いを引き受けた少女。

少女は目々子さんに目を奪われそうになります。

そんな少女を助けたのは、兄のチハルでした。

チハルは目々子さんの呪いを解く方法を見つけたのです。

そして、少女は目々子さんから逃れることができました。

しかし、ハッピーエンドにはならなかったようですね。

目々子さんは、少女の友だちの目をえぐりとってしまったのです。

もし、その友だちが自分を助けてくれた少女のことを気にしていたのなら、こんな結果にはならなかったかもしれませんね。

皆さんもうしろから肩をたたかれた時は気をつけて。
もしかしたら、それは新たな目をさがしている目々子さんかも………。
それでは、次回の絶叫学級でお会いしましょう！

絶叫学級
ぜっきょうがっきゅう

この作品は、集英社よりコミックスとして刊行された『絶叫学級』4、18巻、『絶叫学級 転生』4、7巻をもとに、ノベライズしたものです。

集英社みらい文庫

# 絶叫学級（ぜっきょうがっきゅう）

## 災（わざわ）いを生（う）むウワサ 編（へん）

いしかわえみ　原作・絵
桑野和明（くわのかずあき）　著


ファンレターのあて先
〒101-8050　東京都千代田区一ツ橋2-5-10　集英社みらい文庫編集部
いただいたお便りは編集部から先生におわたしいたします。



2018年 10月31日　第1刷発行

発行者　北畠輝幸
発行所　株式会社 集英社
〒101-8050　東京都千代田区一ツ橋2-5-10
電話　編集部 03-3230-6246
読者係 03-3230-6080
販売部 03-3230-6393（書店専用）
http://miraibunko.jp
装　丁　小松　昇（Rise Design Room）　中島由佳理
印　刷　凸版印刷株式会社
製　本　凸版印刷株式会社


★この作品はフィクションです。実在の人物・団体・事件などにはいっさい関係ありません。


ISBN978-4-08-321463-9　C8293　N.D.C.913　186P　18cm

から逃げきれ!!!!

命がけの
鬼ごっこ
スタート!

学校内でライオンが暴走!

弟・蓮と同級生・陽菜と逃げる!

大コーフン
学園ホラー
第1弾

夏休み、忘れ物をとりに
緑ヶ原小に向かった兄弟、大地と蓮。
学校に入ると突然、
どう猛なライオンがあらわれた
飼育委員をしていた陽菜もまきこんで、
ツメやキバをむきだしにしておそってくる
ライオンから学校中を逃げまわる!!
緊急事態のなか、大地は蓮と陽菜に
ある秘密を打ち明けるが…
3人は無事に家に
帰れるか…!?

凶暴化した猛獣
仲間と協力して脱出を試みるが…!?
大地が目にしたものは…!?
猛獣学園!
アニマルパニック
百獣の王ライオンから逃げきれ!
緑川聖司 作
畑 優以 絵
2018年11月22日(木)発売予定!
集英社みらい文庫

ムダサイエンティスト・平林純先生プレゼンツ★
ツコむ日本の歴史
～だから教科書にのらなかった～』
どなど、みんなが知ってる日本の
35のお話。意外な"ビックリ"が
ない歴史本！
「真剣白刃取り」刀をはさんで止められる？
はさめるけれど止められない。頭真っ二つ！
力学
「水蜘蛛」履いて水に浮く？
体重15kgまでの忍者しか浮けない！
力学
みらい文庫よりちょっと大きめのサイズ
2018年11月26日月発売!!
科学でツッコむ日本の歴史
～だから教科書にのらなかった～
さらには、こんなネタも…
★「本能寺の変」なぜ6月2日に起こった？
⇒月の満ち欠けと関係していた!?
★「中国大返し」のスピードは？
⇒じつはあんまり速くない!?

ぬぁにぃ～!!
『ざんねんないきもの事典』
『ざんねんな偉人伝』の
つぎはコレだとぅ!?
『信長もビックリ!?科学でツ
かがく
「本能寺の変」「中国大返し」「大坂の陣
歴史を、科学の視点でズバッと斬った
ギュギュッと詰まった、これまでに
「3本の矢」
何kgの力で折れる?
60kgのものが持ちあげられればかんたんに折れちゃう!
構造力学
大注目★日本史を学ぶ
出合える、歴史×科学

# 「みらい文庫」読者のみなさんへ

言葉を学ぶ、感性を磨く、創造力を育む……、読書は「人間力」を高めるために欠かせません。たった一枚のページをめくる向こう側に、未知の世界、ドキドキのみらいが無限に広がっている。これこそが「本」だけが持っているパワーです。

学校の朝の読書に、休み時間に、放課後に……。いつでも、どこでも、すぐに続きを読みたくなるような、魅力に溢れる本をたくさん揃えていきたい。読書がくれる、心がきらきらしたり胸がきゅんとする瞬間を体験してほしい、楽しんでほしい。みらいの日本、そして世界を担うみなさんが、やがて大人になった時、「読書の魅力を初めて知った本」「自分のおこづかいで初めて買った一冊」と思い出してくれるような作品を一所懸命、大切に創っていきたい。

そんないっぱいの想いを込めながら、作家の先生方と一緒に、私たちは素敵な本作りを続けていきます。「みらい文庫」は、無限の宇宙に浮かぶ星のように、夢をたたえ輝きながら、次々と新しく生まれ続けます。

本を持つ、その手の中に、ドキドキするみらい――。

本の宇宙から、自分だけの健やかな空想力を育て、〝みらいの星〟をたくさん見つけてください。

そして、大切なこと、大切な人をきちんと守る、強くて、やさしい大人になってくれることを心から願っています。

2011年　春

集英社みらい文庫編集部